Galsan Tschinag

Eine tuwinische Geschichte

und neue Erzählungen

A1 VERLAG

Inhalt

Eine tuwinische Geschichte

Der Fluß und das Weidengebüsch blieben zurück, und die Steppe begann. An den nassen Leibern der Pferde, die durch den Fluß geschwommen waren, klebten Mückenschwärme wie fahle löchrige Decken. Die Pferde schlugen mit den Schwänzen, und wir Reiter fuchtelten mit den Armen. Aber alle Mühe war umsonst, die Räuberschar schien lieber satt sterben als hungrig leben zu wollen.

Der Tag versprach heiß zu werden. Die aufgehende Sonne brannte wie Feuer im Rücken, und bald trockneten auch die Pferde. Die überlebenden Reste des Mückenschwarms aber verfolgten uns und sahen nun fast violett aus.

»Heiß wird's heute«, sagte ich. »Ach was!« murmelte mein Jagdgefährte, der alte Dshaniwek. »Gewitter und Schnee wird's geben!« Verwundert drehte ich mich um und entdeckte eine blasse Wolkenblase zwischen Sonne und Horizont. Der übrige Himmel strahlte in tiefer, kühler Bläue. Gegen Mittag könnte es Regen geben, dachte ich und beobachtete meinen Begleiter, den alten Hirten, der anscheinend von aller Welt gemieden wurde.

»Mit diesem Dshaniwek laß ich dich nicht ziehen!« hatte Mutter gedroht, als sie von meinem Vorhaben hörte, mit ihm auf Wolfsjagd zu gehen. Und sie hatte mir ihre Zustimmung erst gegeben, als ich versprach, einen Dritten zu finden, der mit uns reiten würde. Aber es war erst Juni, und keiner war zur Jagd zu bewegen, denn um diese Zeit durften nur Wölfe geschossen werden, und man glaubte mir nicht, daß der alte Dshaniwek Wölfe auftreiben würde, wie er beteuert hatte.

Es wurde gemunkelt, daß er einen Flüchtling erschossen habe, der keinem etwas getan hatte. Die Gegenpartei wiederum erzählte, der Flüchtling sei ein bewaffneter Deserteur gewesen und Dshaniwek habe lediglich den Auftrag gehabt, ihn festzunehmen. Es war zu einer Schießerei gekommen, wobei der Deserteur getötet wurde. Es war nicht festzustellen gewesen, wessen Kugel getroffen hatte, denn Dshaniwek war nicht allein gewesen. Außer ihm hatten noch andere Männer geschossen, und der Vorfall hatte sich im Morgengrauen abgespielt.

Ferner wurde erzählt, daß Dshaniwek erst Volkslehrer, dann Kreisvorsitzender und später Parteisekretär gewesen sei. Manche redeten ihn noch mit »Genosse Lehrer« oder »Genosse Chef« an, und in dem Ton, in dem sie das sagten, lag Spott und manchmal sogar Feindseligkeit.

Ich kannte ihn nur durch seine Arbeit und erklärte mir damit auch seine Lebensweise. Als Kamelzüchter der Genossenschaft hatte er keine Jurte, sondern nur ein Zelt, das an einem Ort stand, zu dem andere selten hinkamen, denn das Kamel ist ein sehr anspruchsvolles Tier, dem das spärliche Berg- und Wiesengras nicht genügt.

Daß er allein lebte, war nichts Besonderes, denn die Welt war eben so beschaffen, daß der eine zehn Söhne und hundert Verwandte hatte, während der andere allein mit seinem Schatten herumlief.

Im stillen nahm ich für ihn Partei und hielt die feindselige Einstellung der Mitmenschen ihm gegenüber für jene Art von Ungerechtigkeit, wie sie oft Leuten widerfährt, die die Interessen der Gesellschaft und des Fortschritts verfechten und sich dadurch eine Menge Feinde schaffen. Denn in den Jahren der revolutionären Umordnung und der konterrevolutionären Unordnung, in den Jahren des Krieges und des Mangels an Kräften und Mitteln mußten die Interessen der neuen Gesellschaft mit Härte verteidigt werden.

Und was den Mord betraf, so war das nichts weiter als ein unklarer Verdacht. Selbst wenn er es gewesen war, aus dessen Gewehr die tödliche Kugel stammte, ja wenn er ihn am hellichten Tag niedergeschossen hätte, so wäre es eine notwendige Handlung, wäre es reine Pflichterfüllung gewesen, denn jener war bewaffnet, war Deserteur, und er war es geworden zu einer Zeit, in der die Volksmacht vor Sorgen nicht aus noch ein wußte.

Allein Dshaniwek schien sich um den Klatsch nicht zu kümmern. Er machte nie als erster den Mund auf, hatte er aber einmal angefangen zu erzählen, dann konnte er so leicht nicht wieder aufhören. Er war freundlich und sorgte gut für das Genossenschaftsvieh. Das hatte ich wenige Tage zuvor erfahren, als ich durch Zufall auf sein einsames Zelt inmitten der Berge stieß, nachdem ich die halbe Nacht umhergeirrt war und mich bis zum Fiebern vor den ringsum heulenden Schakalen gefürchtet hatte. Da er mir in dieser Nacht so viel von Schakalen, Wölfen und anderem erzählte, bat ich ihn am Morgen, mich einmal zur Wolfsjagd mitzunehmen.

Die Pferde schritten zügig aus, ihre breiten Hufe warfen den trockenen Sand zurück, und der im Laufe vieler Jahre zermahlene weiße Staub stand einen Augenblick in der Luft, ehe er höher stieg und ohne Eile davonzog. Es war, als ob unter den Beinen der Tiere eine Rolle voranschnellte und einen zitternden weißen Faden abspulte, der bis zum Horizont reichte. Der Jägerkessel im Hirschfellsack schlug im Takt des Pferdeschritts gegen den Sattelknauf und gab dabei den immer gleichen dumpfen, einschläfernden Ton von sich, der an die Weite der Steppe erinnerte.

Mit dem aufsteigenden Licht schwoll die Wolkenblase und färbte sich dunkel, aber noch strahlte die Sonne unverhüllt und immer heißer. Das spärliche Steppengras stand bewegungslos, hier und da hüpften dicke graue Heuschrecken an den Wegrand, verharrten am Boden und starrten die Pferdebeine aus erschrockenen dunklen Augen an.

Es schien wirklich ein Gewitter heraufzuziehen. Wir ritten schweigend wie alle Steppenreiter, solange nichts Unerwartetes geschieht. Dshaniwek saß zusammengesunken im Sattel, als würde er schlafen. Sein zerfurchtes Gesicht glich einer schroffen Gebirgslandschaft, die in grauer Vergangenheit von herabstürzenden Felsen verwundet worden war und an der seit der ersten Stunde ihres Bestehens Wasser, Wind und Sonne gefressen hatten. Den Mund hielt er fest geschlossen, als hüte er ein Geheimnis. Zwei tiefe, glänzende Narben kreuzten sich auf der Stirn. Die Lammfellmütze mit den lang herabhängenden Ohrenklappen war abgetragen, unter der Wattejacke lugte der zerfranste *Lawschaksaum* hervor, die Stiefel waren fast neu. Sein Karabiner wirkte altmodisch, um das Schloß war ein dicker Verband gelegt, als würde dieses mächtige

Werkzeug des Todes in Fesseln gehalten. Hinter der flimmernden blauen Ferne ragten die Besch-Bogda wie eine unüberwindliche Wand auf, und ihre Schneegipfel strahlten in der Sonne so weiß, daß einem die Augen schmerzten.

Ich dachte an Island, jenen Erdfleck, den ich zwar nie gesehen und doch so lieb gewonnen hatte, an jene großen Naturkinder, die sich durch eine vieltausendjährige Geschichte behauptet hatten. Ich dachte an jenen Genius, der mir, dem Bergsohn am anderen Ende unserer Erde, seine Heimat und sein Volk ans Herz gelegt hatte, dachte an ihn wie an einen fernen Bruder, und mir traten Tränen in die Augen. Ich sah meinen Reisegefährten, diesen alten Tuwiner mit dem zerfurchten Gesicht und dem Geheimnisse hütenden Mund, sah das reitende Denkmal aus einer Zeitenwende und einem Weltenende. Ich sah ihn und weinte Tränen, die sich mit der Zeit in mir aufgestaut hatten. Es waren die Früchte einer großen Trauer, die mit der Kaffeehaustrauer zivilisierter Leute nichts zu tun hatte. Diese Trauer bedrückte nicht, sie erinnerte an etwas Großes, das dagewesen war und nicht vergehen durfte, sie mahnte und rüttelte und ließ ahnen, daß Großes im Werden war. Ich weinte und dachte an den glücklichen Geist, der eines Tages fernen Brüdern das Geschick auch unseres Volkes ans Herz legen und so die ewigen Freuden und Leiden der Menschheit um einen Tropfen reicher machen würde.

Es donnerte. Die Pferde spitzten die Ohren, wurden unruhig. Dshaniwek öffnete die Augen nur so weit, daß man zwei dunkle Striche sah, und versuchte die Richtung auszumachen, woher das Geräusch kam. Ich wischte mir die Augen mit dem Handrücken, folgte seinem Beispiel und entdeckte nach einer ganzen Weile einen hellen Punkt, der sich hoch am Himmel nach Osten bewegte.

Die Luft war auf einmal voller Vögel. Milane, Krähen, Feldlerchen, Tauben und Möwen, jene bedauernswerten Meeresanwohner, die sich noch immer hierher verirrten auf den weiten blauen Straßen, die ihre Urahnen geflogen waren. Aber das war damals, weit, weit in der Vergangenheit, vor Millionen Jahren, und von dem Meer war nur noch der ausgetrocknete Grund geblieben: die Steppe mit hundert Millionen abgeschliffener Steine und Muscheln.

Die Vögel flogen in einem Wirrwarr, daß einem beim Hinsehen fast schwindlig wurde, und sie kreischten, krähten, pfiffen, girrten und schrien, schrien wie gequälte, dem Untergang geweihte Wesen. Ihre Flügel peitschten die Luft so heftig, daß man den Flügelschlag trotz Donnerbrausen und Alarmruf hören konnte und sich dabei vorkam, als ginge man durch eine tosende Brandung.

Das graue Flugzeug überflog die weite Steppe und verschwand hinter den Wolken, die nun keine leicht schwellenden Blasen mehr waren, sondern ein wogendes Meer, das die Sonne überschwemmt hatte.

Wir sprachen kein Wort, zogen die Zügel straff, richteten uns im Sattel auf und trieben die Pferde gleichauf in gestrecktem Galopp an. Wind kam auf und machte aus dem Staubfaden einen Staubschweif. Unter den Pferdehufen dröhnte die Steppe, nur die Schneeberge in der Ferne ragten ruhig in den Himmel, ihre Gletscher funkelten, und ich dachte, als ich sie so sah, an die bevorstehende Jagd, dachte, daß Dshaniwek bestimmt Wölfe auftreiben würde, und wünschte mir, daß es schneien möge, ich wünschte es mir so sehnlich wie ein Kind.

Gegen Mittag hatte sich der ganze Himmel bedeckt, und mit einemmal brach von Nordwesten her ein Sturm los. Sand erfüllte die Luft, und der Kies, den die Hufe der Pferde aufwirbelten, wurde vom Wind aufgefangen und gegen Pferde und Reiter geschleudert. Kraniche schwankten in der Luft, mühten sich vergebens, gegen den Sturm anzufliegen, bis sie sich schließlich schreiend seiner Gewalt überließen und schicksalergeben davonsegelten.

Dshaniwek schrie mir etwas zu. Da ich ihn aber nicht verstehen konnte, gab er mir ein Zeichen anzuhalten. Der Alte näherte seinen Mund meinem Ohr und rief: »Wir biegen in ein Seitental ein und warten dort das Gewitter ab!« Die Schneeberge waren nicht mehr zu sehen, auch die Steppe und der Himmel nicht, man sah nichts als das tobende weiße Brausen.

Wir machten eine Wendung nach links und ließen die Pferde laufen, so schnell sie konnten. Jetzt traf uns der Wind von der Seite, er prallte gegen uns wie eine feste Masse, schlug uns ins Gesicht und nahm uns den Atem. Der Sturm kam nicht zum Erliegen, das Gewitter brach herein. Der Regen, den wir durch das Heulen des Windes und das Trommeln der Hufe zunächst als Summen, dann als immer heftigeres Rauschen vernommen hatten, überfiel uns prasselnd wie ein verheerender nasser Brand. Wir ritten wieder langsam. Dicke, helle Tropfen schlugen schräg auf den Kiesboden, prallten zurück, und es sah aus, als hüpften Millionen glitzernder runder Käfer über die Steppe. Das Feuer, das aus allen Himmelsrichtungen zugleich aufflammte, beleuchtete sie grell, und die Donnerschläge, die den Blitzen folgten, ließen sie erzittern und erbeben. Über den Pferdemähnen zuckten knisternde, blaue Flammen, es roch nach versengtem Haar. Die Tiere schnaubten und schüttelten die Mähnen, wir zogen am Zügel, um sie zu beruhigen, aber der Brandgeruch hatte sie scheu gemacht, und sie bäumten sich auf. So ließen wir ihnen freien Lauf.

Ich war bis auf die Haut durchnäßt, doch das kümmerte mich nicht mehr. Ich wartete darauf, jeden

Augenblick vom Blitz erwischt zu werden, und fürchtete als lebloser Körper vom Sattel zu gleiten.

Dshaniwek rief etwas, was ich nicht verstehen konnte. Doch dann erriet ich den Sinn seiner Worte, denn ich sah, daß wir das Tal erreicht hatten. Ein Fels tauchte auf und an seiner Südseite ein Steinwall. Ich freute mich, als ob ich vor meiner Vaterjurte stünde, hier glaubte ich für den Tod unerreichbar zu sein. Wir ritten in den Wall, unter einen überhängenden Felsen, der uns vor dem Regen Schutz bot und stiegen vom Pferd. Ich keuchte und zitterte, war erschöpft und fror. Hier im Trockenen empfand ich die auf der Haut klebenden Kleider als unangenehm, konnte mich weder hinsetzen noch frei bewegen und kam mir wie eine Wolfsscheuche vor.

Der alte Dshaniwek wollte sich hinhocken, tat es aber nicht, als er mich so dastehen sah. Er bückte sich und befühlte den plattgedrückten Kamelmist vom Vorjahr, der zu Haufen aufgetürmt und trocken dalag. Er ging daran, ein Feuer zu machen, schichtete den Mist kreisförmig auf, rieb ein Stück zwischen den Handflächen zu Pulver und häufte es locker in der Kreismitte. Dann holte er eine Schachtel Streichhölzer aus dem Brustlatz. Mit den Händen schirmte er das brennende Streichholz gegen den Wind ab und hielt es an das Pulverhäufchen. Ein winziger blauer Rauchfaden stieg auf. Dshaniwek erhob sich und begann, den rauchenden Haufen mit seinem Lawschaksaum zu fächeln. Eine weiße Flamme zeigte sich, fraß sich weiter und wurde bald zu einem lodernden Brand.

Schon war ich beim Feuer, meine Hände berührten fast die Flamme, und ich zitterte noch mehr. Dshaniwek hörte auf zu fächeln, warf mir einen Blick zu, der ebenso liebevoll wie enttäuscht wirkte, und lächelte. Ich sah ihn zum erstenmal lächeln, und dabei schaute er bedauernswert aus. Ihm stand das Lächeln nicht, sein Gesicht, das sonst an eine uralte Gebirgslandschaft erinnerte, glich jetzt einer schaurigen Maske, die gekreuzten Narben auf der Stirn schienen ihn zu ewigem Ernst zu verdammen. Doch das Lächeln erstarb bald, und sein Gesicht nahm wieder die vertrauten Züge an. Der alte Dshaniwek musterte mich über die Flamme hinweg. »Wie alt bist du?« fragte er. »Fünfundzwanzig«, sagte ich. Er murmelte etwas vor sich hin, und ich verstand nur »... der dumme Kerl ...«.

Es regnete noch immer, aber die Blitze kamen jetzt in größeren Abständen. Dafür war der Donner um so lauter, denn hier stand der Fels. Die Pferde konnten nicht einschlafen.

Der Fels hing so weit über, daß er einer ganzen Schafherde Schutz hätte bieten können. Hier war offenbar ein seit Jahren verlassenes Winterlager gewesen. Der Wall war beschädigt, und der Schafmist, zu Staub zerfallen, hatte mit dem angewehten Sand feine hellbraune Erde gebildet. Die Senke, in der die Jurte gestanden hatte, war von herabgerutschtem Kies zugeschüttet. Die einzigen Lebewesen, die hier noch Schutz suchten und fanden, schienen die Kamele zu sein. Während ich es genauer betrachtete, wurde mir dieses verlassene Lager, das mir zuerst so vertraut vorgekommen war, unheimlich.

Ich fragte den Alten, wann hier das letzte Mal eine Jurte überwintert haben könnte. Er zuckte zusammen, wandte schnell den Blick und sagte leise: »Vor fünfundzwanzig Jahren.« Es wunderte mich, es erschreckte mich fast, daß er es so genau wußte. Und ich fragte hastig: »Und warum ist nie wieder jemand hergekommen?« Dabei pochte mir das Herz wie bei einer dunklen Vorahnung. Der alte Dshaniwek schwieg.

Ein Blitz beleuchtete grell die Narben auf seiner Stirn. Ich wartete auf den Donnerschlag, und das Warten wurde mir zur Qual. Es krachte im Felsen, als ob er zerbersten wolle. Ich erschrak, obwohl ich darauf gewartet hatte. Dshaniwek seufzte.

Das Feuer brannte nieder. Ich legte nach, und es flammte wieder auf, ich legte weiter nach, schichtete eine ganze Mauer um den Brandherd, ich wollte ein großes Feuer haben. Der alte Dshaniwek starrte in die Flammen und sagte: »Niemand ist übriggeblieben.«

Ich wünschte mir, daß es blitzte. Aber das Gewitter war vorbei, es hatte nur Sprühregen hinterlassen, und es regnete in hellen feinen Spritzern, flüsternd, eintönig, einschläfernd. Der Regen näßte die Steppe, die Berge und die hellbraune Erde, auf der vor vielen Jahren eine warme Hürde voller dampfender schwarzer Perlen gelegen hatte.

»Hier endete Bajnak, von dem du bestimmt gehört hast«, begann der alte Dshaniwek zu sprechen, »aber an dem, was so herumerzählt wird, ist vieles unwahr, und vieles fehlt. Vielleicht bin ich der einzige Mensch auf der Welt, der Bajnaks Geschichte noch so wiedergeben kann, wie sie wirklich war. Vielleicht ist auch mein Ende nah, deshalb will ich dir die Geschichte erzählen.

Bajnak war nicht Zewegs Sohn, wie du es wahrscheinlich gehört hast. Er war mein Sohn, mein einziger. Jener hat ihn mir im Mutterleib weggenommen. Das Mädchen war schön, und ihr langes schwarzes Haar, das ihr über die Schultern fiel, war eine Pracht. Und Augen hatte sie wie ein Kamelfohlen. Aber ich war ein Waisenjunge, der sich mit seinem Wanderstock und seiner jugendlichen Kühnheit von Jurtengehöft zu Jurtengehöft durchschlug. Die Reichen mochten mich nicht, und ich war auch vielen ein Dorn im Auge, die keine Reichtümer besaßen.

Zeweg gehörte zu den Menschen, die gerade anfingen, etwas zu werden. Er verkehrte mit russischen Händlern, verschwand häufig für lange Zeit und kam dann mit einer Menge Zeug zurück, das er verkaufte. Er war ein listiger Hund, und noch größer war seine Rücksichtslosigkeit, denn er wußte, daß das Mädchen schwanger war, als er es mir raubte. Was ihn so sehr zu ihr zog, war nicht nur ihre Schönheit, es war vor allem das Vieh ihrer Mutter, die außer ihr keine Kinder hatte und sehr krank war. Sie starb bald nach der erzwungenen Hochzeit ihrer Tochter.

Das war im Jahr zwanzig, und dann kam das Jahr einundzwanzig. Es kam in unseren verlassenen Winkel nicht als Sturm, es kam wie eine Dämmerung. Zwar wurde geschossen, aber die Schüsse richteten sich gegen Weißrussen und heimatlose kasachische Räuber. Die Einheimischen taten einander nichts, obwohl sich nun bei Tagesanbruch die Erzfeinde, Begüterte und Mittellose, noch besser erkannten. Es wurde nur deshalb nicht geschossen, weil die Wohlhabenden einsehen mußten, daß es bereits zu spät war.

Aber das entmachtete Pack wollte nicht zurücktreten, es versuchte sein wahres Gesicht hinter Schmeichelei zu verstecken. Ein Dutzend *Kulaken* eilte dem ersten Abgesandten der Volksmacht entgegen und beteuerte seine Bereitschaft, ihr zu dienen. Auch Zeweg und Leute seines Schlages erschienen, Händler, heruntergekommene Verbrecher, hergelaufene Abenteurer, eine Meute von Mitläufern und Schmarotzern. Und selbst wir Habenichtse kamen. Die Herren der neuen Zeit wurden bestimmt. Wir hatten unsere Leute unter ihnen, lauter arme Schlucker, mittellos und ungebildet, keiner, der lesen und schreiben konnte und die Amtssprache beherrschte. Die Kulaken und die Zewegs hatten teil an der neuen Macht, und sie waren besser dran als wir, denn einige von ihnen waren schrift- und sprachkundig.

Bald kam der erste Volkslehrer, und ich besuchte einen Lernzirkel. Dort lernte ich mit anderen Lesen und Schreiben und hörte vom roten Proletariat, von der Oktoberrevolution, von Lenin und anderen Dingen. Und ich lernte, daß es eine besitzende Klasse gab und daß sie von der Klasse der Besitzlosen geschlagen werden mußte.

Ich wurde Volkslehrer, gab an andere weiter, was ich gelernt hatte, war eifrig, und jeder, der eine weiße Jurte oder mehr als hundert Stück Vieh hatte, auch wenn seine Jurte nicht weiß war, zählte für mich zu den Kulaken und damit zu meinen Feinden, und ich hatte viele, viele Feinde.

Zu dieser Zeit konnte Bajnak, unser Sohn, bereits laufen. Sujasch, seine Mutter, gebar kein weiteres Kind. Dafür war ich ihr dankbar, und ich bin es noch heute, wo keiner von ihnen mehr am Leben ist.

Manchmal, wenn Zeweg nicht zu Hause war, ging ich zu seiner Jurte, drückte meinen Bajnak an die Brust, und mir wurde schwindlig vom Kindergeruch. Sujasch saß still dabei und sah uns zu. Einmal weinte sie lange, und sagte, noch schluchzend, aber gleichzeitig lächelnd: ›Siehst du, daß er dir immer ähnlicher wird?‹ Ich fand tatsächlich Ähnlichkeiten, die Augen hatte er jedoch von ihr.

Später lief mir das Kind oft entgegen und rief: ›*Agaj,* agaj, Bruder, mein Bruder!‹ Ich nahm es aufs Pferd, und es lachte und schrie vor Freude. Sujasch erzählte mir, daß sich der Junge vor Zeweg fürchtete, obwohl dieser ihn nicht schlecht behandelte.

Ihre Jurte stand einsam, in einem abgelegenen Tal. Damals hielt ich das für mein Glück, aber heute weiß ich, daß es ein Unglück war, denn der Junge wuchs dort wild auf, wild wie ein Rehkitz.

Nun wirst du mich fragen, warum ich die beiden nicht zu mir genommen habe. Das frage ich mich selbst, seit dreißig Jahren schon. Damals gab es das Familiengesetz noch nicht, eine Frau konnte ihren

Mann jederzeit verlassen, wenn sie keine Angst vor der Prügelei hinterher hatte. Ich wäre ja der Stärkere gewesen, wenn es zu einer Schlägerei gekommen wäre, denn Zeweg war ein dünnes Männchen mit Fistelstimme, und du kannst dir vielleicht vorstellen, wie ich als fünfundzwanzigjähriger Bursche gebaut war.

Ich glaube, es war die Angst um meinen guten Ruf, die mich zurückhielt. Ein Volkslehrer galt damals etwas, er mußte tadellos sein. Ich bildete mir ein, daß ich tadellos sei, und wollte es bleiben. Dazu gesellte sich ein gewisser Hochmut, der sich aber mit seiner ganzen Macht und Wucht erst mit meiner neuen Funktion zeigte.

Ich hielt mich für etwas Besonderes: ein Habenichts seit sieben Generationen, so nannte man mich früher, und so nannte ich mich später, gebildet, stark und schön, ja, schön! Das wirst du mir vielleicht nicht glauben wollen, die Narben bekam ich erst später, obwohl ich sie viel früher verdient hätte. Heute denke ich, ich hätte auf einem Auge blind und auf einem Bein lahm werden sollen, spätestens an jenem Tag, an dem ich wiederum befördert wurde.

Ich liebte meinen Bajnak und meine Sujasch, ich liebte sie so, daß es mich zuweilen schmerzte, aber der Hochmut war stärker, denn ich bildete mir ein, ich dürfe mir die Frau eines anderen nicht nehmen, noch dazu mit einem Kind, von dem niemand wußte, daß es meines war. Für mich war entscheidend, was die anderen von mir sagen und denken würden. In Wirklichkeit war ich feige. Ich lebte in schrecklicher Armut, hungerte und fror, war der arme alte Schlucker geblieben, der nun freilich lesen und schreiben konnte und sich in den Kopf gesetzt hatte, als Teil des roten Weltproletariats, als Schüler Lenins und als Revolutionär mit starkem Willen und fester Moral das alte Tuwa zu zerschlagen und ein neues zu erschaffen.

Dann kamen die dreißiger Jahre. Es galt, die Kulaken zu schlagen. Um diese Zeit wurde ich zum Kreisvorsitzenden ernannt. Die Partei, so dachte ich, hatte erkannt, daß mein Herz rein war. Und mein Herz war rein, es wollte das Beste für die Volksmacht, aber mein Kopf war leer. Ich wollte immer den kürzesten Weg nehmen, und wäre es nach mir gegangen, ich hätte alle Tempel samt Buddhas und Lamas in Brand gesteckt, allen Kulaken mit der Faust die Nase eingeschlagen und im Handumdrehen auch aus Tuwa eine Kommune gemacht. Aber es gab andere Genossen, die mich zur Geduld anhielten. Sie waren für mich jedoch nur schwächliche Versöhnler.

Auch im Jahre zweiunddreißig kam es in Tuwa nicht zu Schüssen, aber es kam zu heimlichen Brandstiftungen, zu giftiger Hetze und Landflucht. Genosse und Genosse war nicht dasselbe, manche meinten, Tuwa müsse alle Verbindungen zur Mongolei abbrechen und bei China Hilfe suchen. Wir Armen trafen uns zu einer Geheimversammlung und besprachen, was zu tun sei. ›Seht ihr, Genossen‹, sagte ich, ›ihr predigt mir Geduld, und was haben wir davon?‹ Ich glaubte, der einzige weitsichtige Genosse in ganz Tuwa zu sein. Und wir schlugen zu, wir jagten die Kulaken und ihre Spitzel zum Teufel, wir siegten.«

Der alte Dshaniwek starrte ins Feuer, und mir war, als erzähle er seine Geschichte nicht aus der Erinnerung, sondern sähe sie in der Flamme vor sich. Der flüsternde weiße Regen stand noch immer über Steppe und Berghängen, aber die Wolken hatten sich auf den Gipfeln als Nebel niedergeschlagen und gaben einem die Gewißheit, daß bald wieder die Sonne scheinen, Steppe und Berge dampfen und die Heuschrecken zirpen würden.

»Aber die Zewegs blieben, und sie sind bis heute geblieben. Zeweg wurde Vorsitzender der Kooperative, benahm sich gemäßigt, spielte gern den Verständnisvollen, seufzte, versprach, verteilte und wirtschaftete dabei in die eigene Tasche. Er war mir zuwider, aber ich haßte ihn nicht. Ich entdeckte gute Eigenschaften an mir, war nicht nachtragend, sondern großmütig, unterhielt mich oft mit ihm und freundete mich mit ihm an. Ich tat es zwar mit einer gewissen Selbstüberwindung, aber ich tat es der Gesellschaft zuliebe.

Obwohl ich jetzt ein gutes Einkommen hatte, führte ich noch immer ein trostloses Leben, und ich führte es mit einer stillen inneren Genugtuung, denn Wohlstand war für mich eine Sache der Feudalen und der Kleinbürger. Dieses Wort hatte ich aus der Zeitung gelernt, es war eines meiner Lieblingswörter, und nachdem wir keine Kulaken mehr hatten, wurden mir alle zu Kleinbürgern, die ich vorher zu den Kulaken gezählt hatte. Ich wohnte ganz allein in einer kleinen Holzhütte, die früher dem Oberlama als Gebetsraum gedient hatte. Diese Hütte steht heute nicht mehr.

Mit den Jahren besuchte ich Sujasch seltener. Sie wurde auch immer stiller und sprach kein Wort über Bajnak, wenn ich sie nicht gerade nach ihm fragte. Aber jedesmal hatte sie ein paar Unterhemden und Hosen für mich. Sie holte sie aus dem Kopfkissen, gab sie mir und sagte: ›Es ist schon bald ein Jahr, daß ich sie unter dem Kopf fühle und denke, du bist schmutzig und hast Läuse. Andere Sachen kann ich dir nicht nahen, laß sie dir von Tante Chendshe machen.‹ Tante Chendshe war eine arme Frau, die sich um die Verlassenen kümmerte. Taubstumme, Blinde, Geistesgestörte und Waisenkinder, die keine Verwandten hatten oder von ihnen vernachlässigt wurden, fanden bei ihr Unterkunft. Sie sorgte auch für mich, solange sie lebte.

Ans Heiraten dachte ich nur selten. Es kam schon vor, daß ich mich zu dieser oder jener Frau hingezogen fühlte, vor einer Ehe jedoch zurückschreckte.

Die eine war nicht in der Partei, die andere war mir auf die Dauer nicht hübsch genug und so weiter, aber der Hauptgrund war, ich war ein mächtiger Genosse mit Bildung und Willensstärke und mir daher zu schade für die rückständigen Frauen.

Was Sujasch anging, so empfand ich längst nicht mehr die einstige Leidenschaft. Ich hatte sie in mir abgetötet, hatte Sujasch der Freundschaft unter Genossen geopfert und dabei noch meinen eigenen Großmut bewundert.

Mein Bajnak war ein schöner Bursche geworden, eigentlich ein wilder Kerl. Mit dreizehn schoß er bereits Wölfe und ritt selbst die gefürchtetsten wilden Pferde zu. Aber er war als faul verschrien, denn er verbrachte das ganze Jahr auf dem Pferderücken und kümmerte sich nicht um Zewegs Vieh. Er sollte die Schule im Kreiszentrum besuchen, doch daraus wurde nichts, denn er lief immer wieder weg.

Einmal sprach ich Zeweg darauf an: ›Hör mal, Genosse, wie kannst du zulassen, daß dein Sohn ein rückständiger Mensch bleibt? Wir brauchen eine gebildete Jugend.‹ Alle, die nicht lesen und schreiben konnten, waren für mich rückständig. Zeweg seufzte: ›Recht hast du, aber der Junge ist stinkfaul und will nicht lernen. Woher er bloß diese Faulheit hat? Von mir jedenfalls nicht.‹ Mir wurde ganz heiß, und ich ging.

Ich hatte nicht den Mut, Bajnak zu mir zu nehmen, und sah halb traurig, halb bewundernd, wie er verwilderte. Nein, ich konnte meinen einzigen Sohn nicht zu mir nehmen. Ich hatte sogar Angst, es könnte an den Tag kommen, daß er nicht der Sohn von Zeweg, sondern von mir war. Ich wollte als Genosse moralisch sauber sein, und was wäre gewesen, wenn man mich, den Kreisvorsitzenden, als Ehedieb ertappt hätte? Daß der Dieb, der Eheräuber, nicht ich, sondern Zeweg war, hatte ich längst vergessen.

Ja, mein Junge, die Macht kann zur Sucht werden, und bist du erst machtsüchtig geworden, dann kommt alles andere von selbst, und es geht so weiter, bis du einen Schlag bekommst, der dich umwirft. Dann kommst du zur Besinnung und wunderst dich, was für ein bedauernswerter Krüppel du geworden bist, ein Krüppel, dem die fünf Sinne nicht mehr gehorchen!

Aber die Revolution hatte bei den Tuwinern Wurzeln geschlagen. Sie stand fest, denn sie war eine große Sache, ein großes Werden, das sich von der selbstherrlichen Links-Rechts-Tänzelei eines Wirrkopfes oder einiger Dummköpfe nicht aufhalten ließ.

Im Jahr neununddreißig starb Sujasch. Ich hatte sie fast zwei Jahre nicht besucht. Ich sah den rauhreifbedeckten Grabhügel, es war Spätherbst, mir fiel eine Träne aus dem Auge. Zum erstenmal seit langem war mir zum Weinen zumute, aber ich schämte mich. Sie war siebenunddreißig Jahre alt geworden. Schon im darauffolgenden Winter heiratete Zeweg wieder, diesmal die Witwe eines Kulaken, der abgeholt worden war. Die Frau hatte sich früher den Mann nicht aussuchen können, doch nun begünstigten die Gesetze ihre freie Eheentscheidung.

Bajnak hatte Zewegs Jurte oder vielmehr die der Kulakenfrau so gut wie verlassen. Eines Nachts kam ich von einer langen Versammlung nach Hause und sah einen großen jungen Menschen vor der Hüttentür stehen. Ich erkannte ihn nicht, aber er kam auf mich zu und sagte leise: ›Vater.‹ Es war mein Bajnak! Sujasch hatte ihm also die Wahrheit gesagt.«

Der alte Dshaniwek verstummte. Es hatte aufgehört zu regnen. Das Feuer glühte noch schwach. Ich legte nach, machte wieder eine Mauer um den Brandherd und blies in die Glut, bis mir die Kehle brannte und der Schädel brummte. Bald flackerte das Feuer erneut auf. Der flüsternde weiße Regen war vorüber, gezackte weiße Wolken kamen über die Berge und über die Steppe. Schnee kündigte sich an.

Dshaniwek fuhr fort: »Ich freute mich, drückte den prächtigen jungen Mann an die Brust und dachte voller Glück, dieser ist dein Sohn! Aber ich fürchtete auch, daß nun die ganze Welt erfahren würde, was für ein unmoralischer Bock in dem Kreisvorsitzenden gesteckt hatte. Die Angst um den guten Ruf war stärker als mein Vaterstolz, und so brachte ich es fertig zu sagen: ›Du mußt zurück zu deinem Vater!‹ Ich siebenmal elender Hund! Bajnak machte sich aus meiner Umarmung los und ging. Ich sah ihn im Dunkel verschwinden, und plötzlich zerriß etwas in mir. Ich legte den Kopf an das kalte Türschloß und schluchzte, aber ich rief meinen Sohn nicht zurück, lief ihm nicht nach.

Im Herbst darauf ging mein Bajnak zur Armee. Die Zeit war unruhig. Am Ortseingang saß ein Dutzend Burschen in gerader Linie zu Pferd, die rote Fahne flatterte an der Spitze des Zuges, es war ein kühler windiger Tag. Die Begleiter standen im Halbkreis vor ihnen, fünfzig oder sechzig Menschen, Greise am Stock oder im Sattel, Frauen mit Kindern an der Brust. Es waren Halbwüchsige dabei, die in wenigen Jahren selbst ihre erste gerade Linie zu Pferd bilden würden. Die Mädchen hatten ihre Tränen schon bei der Herde oder über dem Melkeimer geweint und konnten durchhalten, solange sich der singende Zug nicht in Bewegung setzte. Die Mütter hielten sich streng an die Sitte, daß beim Abschied keine Träne fallen durfte.

Als Kreisvorsitzender hielt ich eine kurze Rede, legte den Burschen ans Herz, das sozialistische Vaterland gut zu verteidigen, und, wenn es verlangt wurde, ihr Leben dafür einzusetzen.

Eine der Frauen begann wider alle Sitte zu schluchzen. Unter den Begleitern entstand ein dumpfes Raunen, den Burschen wurden die Augen feucht.

Ich sagte: ›Die fünf Jahre werden euch wie fünf Tage vorkommen, wenn sie um sind. Auf Wiedersehen, Krieger!‹ Damit ging ich auf die Burschen zu, und das Volk kam mir nach. Ich wollte ihnen lächelnd die Hand drücken, aber als ich meinem Bajnak in die Augen sah, wurde mir schwindlig. Ich hatte den Burschen seit jener Nacht nicht mehr gesehen, und er kam mir abgemagert, verhärmt vor. Er wirkte noch männlicher und stand an der Spitze des Zuges. Ich berührte sein Knie, faßte ihn um die Taille, zog ihn an mich und umarmte ihn. Wie von Sinnen küßte ich ihn auf die Wangen und flüsterte: ›Mein Junge! Mein Junge!‹

Als ich ihn wieder losließ, sah ich seine wachen schwarzen Augen voller Tränen. So hatte mich auch meine Sujasch angesehen, und in diesen Augen stand die Frage: ›Hast du mich doch nicht verstoßen, Vater?‹

Da merkte ich, daß auch ich geweint hatte, schämte mich und trat zu dem nächsten Burschen, um mit ihm die gleiche Szene zu spielen. Ich umarmte und küßte der Reihe nach alle Burschen, doch bei keinem verharrte ich so lange wie bei meinem Bajnak. Nachdem sich alle Anwesenden von den Reitern verabschiedet hatten, reichte ihnen eine weißhaarige Alte eine Schüssel Milch zum Kosten und schüttete den Rest über die Köpfe der Pferde. Dann kam der Befehl zum Aufbruch. Ein Marschlied wurde angestimmt, und der Zug setzte sich singend in Bewegung. Die Begleiter blieben zusammen, bis die Burschen im Steppendunst verschwunden waren und sich die Staubfahne in der Luft aufgelöst hatte. Ich war aufgeregt, wünschte allen Wegreitenden viel, viel Glück und war selbst glücklich, was ich aber vor der Welt zu verbergen suchte.

Über die Kriegszeit brauche ich dir nicht ausführlich zu erzählen, es wird genug davon berichtet. Wir arbeiteten bis zum Umfallen, schliefen nie genug, hungerten, froren, kratzten zusammen, was wir finden konnten, und gaben es an die Front. Ich wäre ein guter Genosse gewesen, hätte ich mich nicht so sehr für die Stütze der Erdkugel gehalten.

Von unseren Soldaten war selten etwas zu hören, denn viele konnten nicht schreiben. Im zweiten Jahr kam ein selbstverfaßter Brief von meinem Bajnak. Er hatte also etwas gelernt! Aber das war nicht alles: Er war in seiner Einheit der beste Schütze und zum Unteroffizier befördert worden. Ja, der Junge war begabt, das hatte man schon immer gesehen, denn wer mit zehn wilde Hengste zuritt und mit dreizehn Wölfe erlegte, der mußte begabt sein! Diese Nachrichten feuerten mich an, und ich zählte schon die Tage. Als noch genau tausend Tage übrig waren, nahm ich ein sauberes Brett, machte zehnmal hundert Bleistiftstriche darauf, stellte das Brett neben mein Bett und radierte jede Nacht vor dem Einschlafen einen Strich aus. Dabei stellte ich mir vor, wie ich mit meinem Sohn leben würde, wenn der Krieg zu Ende war.

Seltsamerweise wünschte ich ihm, was ich mir selbst versagt hatte. Heiraten sollte er und in einer großen weißen Jurte wohnen. Vielleicht hatte die Härte des Krieges meine in mir zur Krankheit erstarrte Dummheit zerschlagen, und große Stücke fielen heraus. Vielleicht war ich auf dem Weg der Genesung. Doch noch immer hegte ich die unsinnige Angst vor dem Gerede der Leute. Aber mein Vaterstolz wuchs mit jedem ausradierten Strich.

Im Oktober dreiundvierzig starb unser Parteisekretär an Lungenentzündung. In der Kreisleitung kam es zu einigen Veränderungen, ich wurde Parteisekretär. Kreisvorsitzender wurde ein neuer Genosse, den die Bezirksleitung geschickt hatte. Dieser Genosse war jung, bescheiden, konnte aber eiserne Härte zeigen, wenn es darauf ankam. Zu seinem Stellvertreter ernannte man Zeweg, und der bisherige Stellvertreter wurde versetzt. Im ersten Augenblick war ich gekränkt, als ich erfuhr, daß ich meinen Posten aufgeben mußte. Vorher hatte ich nie daran gedacht, daß ich einmal kein Kreisvorsitzender mehr sein könnte. Aber dann dachte ich: Die Partei ist alles, und wen hätten die Genossen von der Bezirksleitung zum Kreissekretär machen sollen, wenn nicht dich? Ich sah das ein.

Den neuen Genossen verehrte ich insgeheim und versuchte ihm nachzueifern, aber ich ließ mir nichts anmerken und spielte nach außen den Erfahrenen, kritisierte ihn wegen einiger Kleinigkeiten, belehrte ihn und gab ihm einen Ratschlag nach dem anderen, so wie es Dummköpfe eben tun.

Am 23. August 1945 war ich unterwegs zu einer Yakherde, in der eine Seuche ausgebrochen sein sollte, als ich vom Kreisvorsitzenden zurückgerufen wurde. Ich traf alle leitenden Genossen im Zimmer des Vorsitzenden versammelt. Der Kreisvorsitzende kam mir mit einem Blatt Papier in der Hand entgegen, gab es mir und sagte: ›Die anderen wissen schon Bescheid.‹ Ich nahm das Blatt, las die erste Zeile und erschrak, ich las noch einmal und noch einmal und begriff nichts. Was ich danach getan und gesagt habe, weiß ich nicht mehr. Wahrscheinlich habe ich dem Kreisvorsitzenden das Blatt zurückgegeben, vielleicht habe ich mich hingesetzt. Vor meinen Augen drehten sich rote und grüne Kreise, und in diesem rotgrünen Durcheinander standen unbeweglich die schwarzen Buchstaben, die sich zu diesem Sinn zusammenfügten: ... Bajnak entflohen ... auf dem Heimweg ... festnehmen ... notfalls erschießen ... Und dahinter hörte ich deutlich Zeweg. Er fluchte: ›Alle anderen liegen im Feuer, vergießen ihr Blut! Und der Kerl flüchtet! Was für eine Schande! Ich werde den Hundesohn eigenhändig umbringen!«

Dshaniwek verstummte, beide Hände gegen den Kopf gepreßt. Unter der Lammfellmütze lugte ziegenweißes Haar hervor, seine Finger krallten sich hinein, sie kneteten Schläfen und Stirn, als solle die alte Haut noch einmal durchgegerbt werden.

Es begann zu schneien. Der alte Dshaniwek fuhr flüsternd fort: »Es wurde eine Gruppe gebildet, die unter meiner Führung arbeiten sollte und zu der außer Zeweg weitere vier gehörten. Jeder bekam aus dem Lager des Kreises einen neuen Karabiner mit dreißig Patronen. Dann wurden Zielübungen veranstaltet. Als erster feuerte Zeweg fünf Patronen auf einen alten Ofen, der den Uferhang herabgerollt wurde und die Brust des flüchtenden Bajnak darstellen sollte. Im Handumdrehen war der Ofen durchlöchert wie ein Sieb. Wir anderen schossen nicht, wir waren von der Treffsicherheit der Gewehre überzeugt.

Der Sommer war lang in jenem Jahr, und Anfang September war die Steppe vor dem Kreiszentrum noch grün. Die Zugvögel verspäteten sich um einen ganzen Monat. Erst Ende September übersiedelten die ersten Jurten in die Ebene des Ag-Chem.

Der Krieg war zu Ende, die Soldaten wurden zurückerwartet. Ihre Reitpferde standen schon seit Wochen am Pflock. Sie wurden selbst während des Umzugs nicht geritten, sondern vom Vater oder Bruder des Reiters am Strick geführt. Jeden Augenblick konnte es heißen: ›Sie sind da!‹

Auf Bajnak wartete kein Pferd. Auf ihn warteten sechs bewaffnete Männer, sie warteten Tag und Nacht, sie lauerten mit Fernglas und geladenem Gewehr. Auf ihn wartete seine gerechte Strafe, vielleicht sogar der Tod. Man wußte noch nichts über den Hintergrund seiner Flucht.

Ich konnte nachts nicht schlafen, starrte in die Finsternis und sah Bajnaks große Augen voller Tränen. Jener Abschiedstag war mir in Erinnerung geblieben. Die fünf Jahre waren um, und sie waren wie fünf Tage gewesen. Ich sah die Augen voller Tränen und fragte in Gedanken: Warum hast du mir das angetan, mein Junge, warum? Manchmal flüsterte ich es, und wenn ich meine eigene Stimme hörte, weinte ich.

In einer solch schlaflosen Nacht, es war die vom 29. auf den 30. September, glaubte ich ein Geräusch vor der Tür zu hören. Ich lauschte angestrengt und sagte mir, wenn es ein Hund ist, wird er sich trollen, denn vor der Tür war nichts zum Fressen. Da es still blieb, glaubte ich, ich hätte mich getäuscht. Trotzdem stand ich auf und horchte an der Tür. Nichts. Ich brachte es nicht fertig, mich wieder hinzulegen, ich öffnete die Tür, trat hinaus und schrie vor Schreck leise auf. Ein hochgewachsener, breitschultriger Mann lehnte an der Wand. Es war eine schwarze Nacht, aber mein Herz erkannte ihn wieder, es konnte nur Bajnak sein. Statt in die Hütte zu laufen und die Mordwaffe zu holen, stürzte ich auf ihn zu, drückte ihn an mich und küßte ihm schluchzend Hals, Gesicht und Stirn. Ich weinte vor Freude, weil ich in dieser feuchten schwarzen Nacht nicht mehr allein war, weil dieser große, breitschultrige Mann mein Sohn war und weil er die tausend Berge und hundert Flüsse und den Tod, der ihn auf jedem Schritt seines Weges erwartete, besiegt und sich bis zu seinem Altai durchgeschlagen hatte.

Als ich mich von ihm losmachte, blieb er mutlos stehen und fragte leise: ›Weiß man hier Bescheid?‹ Statt ihm zu antworten, zog ich ihn hinter mir in die Hütte, schloß die Tür ab, zündete die Öllampe an und holte die Fleischschüssel herbei. Welcher gute Geist mich dazu veranlaßt hatte, weiß ich nicht, aber ich hatte am Vorabend eine Menge Fleisch gekocht. Dazu schenkte ich ihm kalten Tee in eine Schale. Dies alles geschah in großer Eile.

Das Fenster hatte keine Glasscheiben, sondern war mit rasiertem Kalbfell bezogen. Ich stand am Herd und überlegte, was zu tun sei. Bajnak hockte schon über der Fleischschüssel, stopfte sich große Bissen in den Mund und kaute wie ein junges Kamel, das Kharaganadisteln zermahlt. Er steckte in einem zerlumpten Lawschak, der ihm viel zu klein war. Wo wird er ihn gestohlen haben, dachte ich, und das Herz tat mir weh. Sein Gürtel war ein Stück altes Leder, das er vermutlich irgendwo von den Fesseln eines Pferdes gelöst hatte. Die Stiefelsohlen waren durchgelaufen und mit Draht zusammengehalten, aber die Schäfte waren fast neu. Um den Kopf trug er ein Tuch, das die langgewachsenen Haare nicht ganz verdecken konnte, sie fielen ihm ins Gesicht und über den Lawschakkragen. Sein Gesicht war mager und sonnengebräunt, aber mit einem bleichen Schimmer. Die rissigen Lippen bluteten beim Essen.

Je langsamer Bajnak kaute, desto unruhiger wurde ich. Die Freude war verflogen. Über dem Bett hing der Karabiner, in seinem Lauf saß der Tod, vier Kugeln im Magazin. Ich hatte bis zum Tagesanbruch zu entscheiden, was mit diesem Menschen geschehen sollte, der ein Verbrecher war und doch eher einem ausgehungerten Heimkehrer glich, der wie ein Pferd nach seiner Heimat gesucht und sie nun endlich wiedergefunden hatte.

Bajnak war satt. Ich stand noch immer und sagte: ›Also!‹ Er ließ den Kopf sinken. Im Kasten fand ich eine Schachtel Papirossy und gab sie ihm. Bajnak hielt sie unschlüssig in der Hand, die sichtbar zitterte. ›Das letztemal habe ich vor neunundvierzig Tagen geraucht. Ich hatte nur eine Schachtel bei mir.‹ Damit öffnete er die Packung, zündete sich eine Papirossa am Feuer der Öllampe an und rauchte hastig. Er hustete, und große Schweißtropfen rannen ihm über die Schläfe.

›Im März vierundvierzig wurde unser Offizier an die Südgrenze versetzt‹, begann er leise. ›Ein neuer kam, und der hatte ein Mädchen bei sich. Erst hielten wir sie für seine Tochter, aber sie war seine Frau. Nur glich sie nicht jenen aufgeputzten Offiziersdamen, die an der Seite ihrer Männer durch das Lager stolzierten und den Soldaten Befehle erteilten. Sie war zu jedem freundlich und hatte im Nu das Herz der Truppe gewonnen.‹

Tag und Nacht, berichtete Bajnak weiter, wurde Gefecht geübt, und die Soldaten waren so erschöpft, daß sie in den kurzen Pausen einfach umfielen und auf der Stelle einschliefen. Aber wer nach einer solchen Übung das Mädchen sehen oder gar ein paar Worte mit ihr wechseln konnte, fühlte sich erleichtert. Das kann vielleicht nur der verstehen, der weiß, was es bedeutet, wenn Männer tausend Tage und tausend Nächte in der Steppe verbringen und plötzlich eine Frau in ihrer Nähe wissen.

Das Lager war auf einmal wie ein Zuhause, es hielt alle zusammen. Es wurde genau berichtet, worüber man sich mit ihr unterhalten, was sie dazu gesagt und sogar welche Gesten sie dabei gemacht hatte. Jeder wollte den anderen beweisen, daß das Mädchen gerade zu ihm das größte Vertrauen hatte. Viele logen. Aber selbst die Lügen wurden mit Spannung gehört, wenn nur ihr Name dabei fiel. Der Frühling dort war nicht wie bei uns, es gab Sandstürme, und oft war der Himmel tage- und nächtelang nicht zu sehen. Im Sommer glühten Sand und Steppe, und der Regen verdunstete schon in der Luft. Da bekam man noch mehr Heimweh und Lust, von Zuhause, von den Bergen und den großen weißen Wintern zu erzählen.

Das Mädchen stammte aus der Taiga, und wenn sie von den großen blauen Seen, den grünen Sommern und den Rentieren erzählte, kamen ihr die Tränen. Als Waisenkind lebte sie bei reichen Verwandten, wo der Offizier sie kennengelernt und gleich mitgenommen hatte. Nun wollte sie nach Hause zurück, hatte aber Angst, es ihrem Mann zu sagen, denn er war verschlossen und finster. Glich sie einem Stück der Sonne, so erschien er wie eine Wolke, die, wo sie auftauchte, Schatten und Schweigen verbreitete. Selbst den mutigsten Querköpfen floß der Angstschweiß, wenn sie vor ihn traten. Er schlug das Mädchen, und obwohl sie nicht darüber sprach, bekamen es die Soldaten irgendwie heraus. Er war eifersüchtig auf alle, am meisten aber auf Bajnak, vielleicht weil dieser als sein Stellvertreter am häufigsten in seiner Jurte verkehrte.

Bajnak verachtete ihn deshalb, verehrte und fürchtete ihn aber gleichzeitig wegen seiner übermenschlichen Ausdauer und seiner Fähigkeit, den Feind zu hassen. Er trug weder Orden, noch prahlte er mit seiner Vergangenheit, aber die Soldaten wußten, daß er viele Feinde getötet hatte und viermal verwundet worden war.

Entscheidende Tage standen bevor. Am 3. August wurde der Offizier in den Stab gerufen, von wo er am Abend zurückkam. In derselben Nacht brach die Einheit im Eilmarsch nach Osten auf. Beim Morgengrauen waren 280 Kilometer zurückgelegt. Die Steppe wimmelte von Reitern, Panzern und Autos, die alle gen Osten zogen. Dann kam der Befehl, anzuhalten und die Nacht abzuwarten. Tunsag, so hieß das Mädchen, flüsterte Bajnak im Vorbeigehen zu, daß ihr Mann allein an die Front gehen und sie unterwegs bei seinen Verwandten zurücklassen wolle. Sie aber wolle lieber in die Stadt und von dort nach Hause. Sie bat Bajnak, ihr bei diesem Vorhaben zu helfen. Ehe er ein Wort erwidern konnte, war sie gegangen.

Der Abend kam, und die Kolonne wartete abmarschbereit. Die Steppe dröhnte, der Mond stand am Himmelsrand. Der Offizier, Tunsag und Bajnak saßen im selben Wagen. Im letzten Augenblick vor der Abfahrt bat Tunsag, austreten zu dürfen. Voller Angst beobachtete Bajnak, wie sie ausstieg und auf die nahen Kharaganasträucher zulief. Er tastete seine Taschen ab, tat so, als habe er etwas vergessen, und sprang ebenfalls vom Wagen.

Bajnak wollte Tunsag zurückholen, denn was sie vorhatte, war sinnlos. Als er sie jedoch hinter einem Strauch hockend fand, winzig wie ein Jungvogel, und ihr in die Augen sah, wußte er, daß er ihr helfen mußte. Er drückte ihr seinen Revolver in die Hand und riet ihr, immer dem Polarstern nachzugehen. Bei Sonnenaufgang solle sie die Waffe wegwerfen. Bis zum Abend würde sie Menschen und Herden erreicht haben. Sie umarmte ihn schluchzend und sagte, sie würde ihn nie vergessen.

Als er sich umwandte, stand ihm der Offizier gegenüber. Mit einem Dolch in der Hand stürzte sich dieser auf ihn, und Bajnak hörte im Fallen, wie Tunsag aufschrie. Gleichzeitig fiel sein Blick auf dessen Revolver, den er mit der freien Linken aus dem Halfter riß und den Hahn abdrückte. Der Schuß hallte dumpf, doch dauerte es noch eine Weile, bis der Mann zur Seite rutschte.

Bajnak stand auf und bat Tunsag, die anderen zu holen. Sie gab ihm statt dessen seinen Revolver zurück und sagte, er solle weglaufen, da man ihn sonst mit Sicherheit erschießen werde. Bajnak zögerte. Der Offizier richtete sich mühsam auf und drohte ächzend, er würde ihn eigenhändig umbringen, sobald er wieder auf den Beinen sei.

›Da begann ich zu laufen‹, schloß Bajnak. ›Der Mond war untergegangen. Ich richtete mich nach dem Polarstern und rannte weiter, bis der Morgen graute. Dann grub ich mich erschöpft unter einem Strauch in den Sand ein.‹ Er verstummte und zündete sich eine neue Papirossa an.

So war das also, dachte ich, beruhigt, weil er ja keinen Menschen umgebracht hatte. Aber sogleich fiel mir ein, daß er zu Kriegszeiten aus der Armee desertiert war. Dafür konnte er erschossen werden. ›Der Offizier war ein Schwein‹, sagte ich. ›Er wollte dir nur Angst machen, und du hättest dich beherrschen müssen. Jetzt kommst du nicht so leicht davon.‹ ›Ja, ich darf ihnen nicht in die Hände fallen‹, seufzte Bajnak. ›Nein!‹ sagte ich streng, ›du bleibst hier. Ich habe den Parteiauftrag, dich festzunehmen.‹ Bajnak war schon aufgestanden, er ging zur Tür. Ich riß das Gewehr von der Wand, zielte auf seine Brust und schrie: ›Und notfalls zu schießen!‹«

Der alte Dshaniwek hatte die letzten Worte tatsächlich geschrien, und nun versagte ihm die Stimme. Er starrte ins Feuer, und in seinem Auge war eine winzige helle Träne. Dann hat er abgedrückt, dachte ich und wünschte mir, er würde nicht weitererzählen. »Es schneit«, sagte ich.

Aber Dshaniwek hörte mich nicht, er fuhr fort: »Plötzlich sah ich den durchlöcherten Ofen vor mir, und ich konnte nicht abdrücken. Bajnak stand da, ganz bleich im Gesicht. ›Vater‹, sagte er über den Gewehrlauf hinweg, ›weißt du, daß die Reise schrecklich war? Tagsüber habe ich mich versteckt, nachts bin ich gegangen. Zweiundsiebzig Tage und zweiundsiebzig Nächte. Und die Tage waren so lang. Manchmal habe ich in einer Felsenritze gehockt, der Stein war so hart, manchmal habe ich in einer Sandmulde gelegen, die Erde war so heiß. Wenn sich nachts die Sterne hinter Wolken verbargen oder die Berge den Nordwind aufhielten, dachte ich, ich schaffe es nicht. Weißt du, wie ich mich gefreut habe, als ich meinen Himmel, meine Berge und meine Steppe wiedersah und dir gegenüberstand? Obwohl ich glaubte, daß du mich verfluchen und schlagen und ausliefern könntest, bin ich zu dir gekommen, weil du der einzige Mensch bist, den ich auf der Welt habe. Und ich möchte das Grab meiner Mutter wiedersehen, mich danebensetzen und nach dem Muttergeruch suchen. Ich möchte meine Berge durchwandern, vom Gipfel über die Steppe schauen, den Steinziegen nachklettern, die Murmeltiere pfeifen hören und mich noch einmal an ihrem Fleisch satt essen. Ich möchte nachts im Gras liegen, den Tau kosten und die Sterne lesen, möchte beim Erwachen dem Vogelgesang lauschen, mich im Gras wälzen, aufspringen und mit dem Kochkessel zum Bach gehen. Ich möchte im Sommer vom Regen durchnäßt werden und dann mit der dampfenden Erde in der Sonne trocknen, ich möchte winters im Schneesturm stecken und mich auf das Frühlingserwachen freuen. Ich habe niemand umgebracht, ich bin kein Verräter, ich habe nur versagt, als ich einem anderen Menschen Gutes zu tun glaubte. Ich bin geflohen, weil ich leben wollte.‹ Er konnte nicht weitersprechen, er weinte.

Zwei Gewalten rissen an mir, die Pflicht und der Sohn. Und der Sohn siegte. Ich stellte das Gewehr beiseite, umarmte Bajnak und flüsterte: ›Geh und lebe. Doch du wirst nicht entkommen, mein grauer Hase.‹ Und er ging fort.

Die Soldaten kehrten heim, es gab große Feste. Lange fiel kein Schnee. Nur morgens war die Erde weiß vom Rauhreif. Tagsüber blies ein warmer gelber Wind aus Nordwesten, und man konnte weit in die Ferne sehen.

Jeder Bote, der kam, brachte ein Schreiben vom Bezirkszentrum. Man wurde ungeduldig. Bajnak sollte an vielen Stellen gesehen worden sein, aber es war immer ein Irrtum. Manche meinten, er wäre umgekommen, denn kein Mensch könnte zu Fuß eine solche Strecke zurücklegen, für die man mit Dutzenden von Pferden mindestens einen Monat brauchte. Andere wieder glaubten nicht, daß er sich auf dem Heimweg befand, sondern daß er Orte aufsuchen würde, wo ihn niemand kannte. Ich sagte nichts, ging nur mit einem schlechten Gewissen umher, weil ich meine Partei zum erstenmal betrogen hatte.

Ich sah die gelben Berge mit den Eiskappen und versuchte mir vorzustellen, wo mein Bajnak sein könnte. Ich dachte mit erlösender, warmer Liebe an ihn, manchmal aber auch mit Haß, weil er mich zur Lüge gezwungen hatte. Doch dieser Haß war nicht so groß, daß ich ihn deshalb hätte töten können.

Mitte November wurde ich ins Bezirkszentrum gerufen. Ich ritt nicht mehr im Höllentempo so mancher Staatsangestellter und beschimpfte auch nicht die Stationsköche und Pferdehalter, damit sie mich respektierten. Mir war nicht danach, und ich merkte, daß ich ein anderer Mensch geworden war. Ich bereute die Vergangenheit und fürchtete die Zukunft.

Im Bezirkszentrum fragte man mich, warum wir Bajnak bis jetzt nicht gefangen hätten. ›Da er nicht hier ist, können wir ihn ja nicht fangen‹, sagte ich und schämte mich dabei. Der Genosse antwortete, sie wüßten aus zuverlässiger Quelle, daß er da sei. Der Bericht sei aus unserem Kreis gekommen. Er gab mir drei Wochen Zeit und entließ mich mit den Worten: ›Wenn die Gruppe nicht unter Ihrer Leitung arbeitete, Genosse, so würden wir glauben, daß ihr ihn nicht ausliefern wollt.‹ Sie verließen sich fest auf mich, und das beschämte mich noch mehr.

Ich sah die großen Steingebäude mit den rauchenden Schornsteinen und kam mir selber alt und müde vor. Traurig dachte ich: Könnte diese Zeit nicht für dich sein, mein Sohn?

Als ich zurückkam, fand ich Berg und Steppe verschneit. Beim Anblick der weißen Berge fürchtete ich, daß er in seinem dünnen Lawschak vielleicht schon erfroren war, und mir kamen die Tränen. Wenn du auch die Kälte überstehst, du wirst doch nicht entkommen.

Am nächsten Morgen brach eine sechsköpfige Gruppe vom Kreiszentrum auf, um Bajnak zu jagen. Die Berge sollten von Norden nach Süden durchkämmt werden. Es hatte heftig geschneit, und der Wind war ausgeblieben, so daß alle Spuren gut zu lesen waren. Der Himmel stand hoch und blau. Es war kalt, die Luft war durchsichtig. Mit dem Glas konnte man Füchse auf die Entfernung einer halben Tagesreise ausmachen.

An die Aussage aus ›zuverlässiger Quelle‹ glaubte außer mir keiner, am allerwenigsten Zeweg, der murrte: ›Das ist nichts weiter als eine Spielerei! Der Hundesohn wird längst irgendwo verreckt sein!‹ Er hatte Sorgen um sein Vieh zu Hause. Seine Kulakenfrau war allein.

Es war nicht erlaubt, auf etwas anderes zu schießen, und das ärgerte die meisten. Sie sprachen wenig und starrten gelangweilt auf die weißen Berge. Ich war der einzige, der suchte und glaubte, daß wir Bajnak finden würden.

Am Abend kamen wir zum Lager eines alten taubstummen Einsiedlers, der seit vierzig Jahren in einer Höhle hauste. Die Volksmacht hatte ihm etwas Geld und eine Hütte im Kreiszentrum angeboten. Er hatte zwar das Geld genommen, von der Hütte aber nichts wissen wollen. Er zog es vor, in der Höhle zu bleiben und von der Jagd zu leben. Zeweg wies mit dem Daumen zuerst auf sich, streckte dann den kleinen Finger vor, fuhr mit dem Zeigefinger über seine Oberlippe, führte ihn zum Auge und machte eine fragende Geste. Das sollte heißen: Hast du meinen Sohn gesehen? Der Taubstumme schüttelte den Kopf.

Drei von uns schliefen in seiner Hütte. Ich legte mich mit zwei jüngeren Genossen ins Freie, und der Taubstumme gesellte sich zu uns Er wollte es unbedingt, da er warme Sachen trug. Es war eine schimmernde, kalte Nacht. Es knackte und krachte unter den Felsen. Ich schlief nicht. Auch die beiden anderen schliefen schlecht, es war zu kalt, eine Novembernacht zwischen Schnee und Sternen. Die Tränen gefroren auf dem Kopfkissen zu Eiskugeln. Nur der Taubstumme schlief fest. Gegen Morgen setzte ein schneidend kalter Westwind ein.

Die nächste Nacht verbrachten wir im Zelt eines Pferdehirten. Auch er hatte keinen Bajnak und keine Spur gesehen. In der Nacht stand jemand auf und machte Feuer. Wir hatten die Schwarzen Berge, die Espenschlucht, Bajan, Taldag und Bulutug durchkämmt und keine Spur entdeckt. Das Murren wurde immer lauter, einige drängten sogar schon zum Heimritt, aber ich sagte: ›Solange wir die Berge nicht bis zum südlichsten Zipfel durchsucht haben, reiten wir nicht zurück.‹ ›Da brauchen wir mindestens zehn Tage!‹ rief einer entsetzt. ›Wir haben zwanzig Tage Zeit!‹ schrie ich. Der Gedanke, Bajnak könnte schon erfroren sein, war mir unerträglich. Ich suchte ihn wirklich und wollte ihn in Sicherheit bringen, bevor die richtige Winterkälte einbrach. Vielleicht wurde er doch nicht erschossen.

Ich forderte viel von der Gruppe. In gleichen Abständen über den Berghang verteilt, ritten wir im Schneckentempo und sichteten nach links und rechts. Kein Hase hätte uns entschlüpfen können. Ohne ausdrücklichen Befehl zu schießen war untersagt, und auf Befehl durfte nur geschossen werden, wenn Bajnak zur Waffe greifen sollte. Die Gruppe war ruhig, keiner wagte mehr zu widersprechen, aber ihre Mienen sagten deutlich, daß sie nicht an einen Erfolg glaubten.

Wir rückten in Richtung der Besch-Bogda vor. Der Wind drang uns bis ins Mark. Ich war wie von Sinnen und haßte die Männer, nicht weil sie meinen Sohn erschießen wollten, sondern weil sie ihn nicht finden konnten. Ich haßte auch Bajnak, weil er mir unentdeckt erfrieren wollte. Selbst die Todesstrafe kam mir nicht so schlimm vor wie die Kälte. Ich bereute, daß ich ihn damals hatte gehen lassen, ohne ihm wenigstens warme Sachen mitzugeben.

Gegen Mittag des vierten Tages rief der Mann, der ganz unten ritt: ›Hierher!‹ Ich war der zweite von oben, aber als erster bei ihm. Mein Pferd war den vereisten Steilhang hinuntergesaust wie auf Schlittenkufen. Ich sah die Spuren der zusammengeschnürten Stiefelsohlen, und mir wollte das Herz aus dem Leib springen. Er lebt! dachte ich voller Freude, aber gleich kam er mir vor wie der graue Märchenhase, der bis zu den steilen Felsen gehetzt wird, und er tat mir leid. Vergebens hast du dich auf dein Frühlingserwachen gefreut, mein grauer Hase, dachte ich.

Die Spuren waren frisch und wahrscheinlich vom Vortag. Sie führten vom Berg in die Steppe und waren weithin sichtbar. Die Männer standen verblüfft herum, und so kurz vor dem Ziel lag auf ihren Gesichtern Angst und Freude.

Wir ritten in gestrecktem Galopp, und im Nu waren die Pferde weiß. Sie waren von Eis bedeckt, das raschelte und klirrte. Solche Ritte unternahm man winters nicht. Dieser oder jener mochte glauben, ich ritte aus Mordsucht so rasend, deswegen wohl auch das spätere Gerede.

Die Fährte führte über Ak-Chem, Chara-Chöl und Orugtug. In Orugtug war der Weg schlecht, wir ritten hintereinander und in holprigem Trab. Ich zerbrach mir den Kopf, warum Bajnak diesen weiten Weg eingeschlagen hatte. Die zunehmende Kälte konnte nicht der Grund gewesen sein, denn nirgends fand man soviel Schutz wie in den nördlichen Bergen. Vielleicht war ihm die Nahrung ausgegangen, aber da hätte er Menschen und Tiere suchen müssen. Seine Fußabdrücke jedoch gingen in eine entlegene Gegend, wo nur Pferdehirten mit ihren Herden den Frühwinter verbrachten.

Plötzlich fiel es mir ein, Bajnak hatte uns gesehen. Der Himmel war mit jedem Tag blauer geworden, und sechs Mann zu Pferd waren auf dem Schneeweiß einen Tag weit zu sehen. Am Vortag hatte er uns entdeckt und war in der Nacht über die Steppe geflüchtet. Das war ein verzweifelter Schritt.

Hinter Orugtug führten die Spuren steil aufwärts in Richtung Chara-Adar. Gipfel und Hänge von Chara-Adar waren wie mit flüssigem weißem Porzellan übergossen. Aber die Schlucht zeigte Hunderte kleiner und großer schwarzer Stellen. Pferdeherden hatten dort gegrast. Sie lag leer und verlassen da. Die Herden waren einige Tage nach dem Schnee weitergezogen, die Pferde jedoch hatten den größten Teil der Erde vom Schnee freigeschlagen und den liegengebliebenen Schnee zu Eis festgetreten. Die Spuren waren nicht mehr zu erkennen, aber wir brauchten sie schon nicht mehr.

Das Tal wurde immer enger und steiler. Die Seitenhänge waren wie zwei dicke Eiswände und der Himmel darüber nur ein schmaler blauer Streifen. Da entdeckten wir Bajnak am Ende der Schlucht. Er lief jedoch weiter, ohne sich um unsere Rufe zu kümmern, und verschwand hinter einem kleinen Felsen. Wir konnten nicht schneller reiten. Die Gesichter waren bleich, Zeweg begann über Bauchschmerzen zu klagen und blieb etwas zurück. Der Ausgang lag vor uns, dahinter ragten Felsen senkrecht in den Himmel. Sie waren mit gefrorenem Schnee bedeckt. Nur einige Spitzen stachen dunkel aus dem Weiß hervor.

Bajnak blieb nicht stehen, er sprang auf die vereiste Schneekruste und lief auf allen vieren weiter. Er lief und kletterte, fiel auf den Bauch, rutschte zurück, krallte sich fest, kletterte und kam weiter vorwärts. Ich schrie: ›Bajnak, laß den Unsinn! Du stürzt dich noch zu Tode!‹ Aber er gab nicht auf, kletterte weiter. Da befahl ich Feuer, um ihm den Weg abzuschneiden. Der enge Raum zwischen den Felswänden füllte sich mit Donnergetöse und schien bis in Schnee und Stein zu erzittern. Bajnak verharrte mit eingezogenem Kopf auf der vereisten Fläche und kroch weiter, als die Schüsse verhallt waren. Ich schrie wieder: ›Kehr doch um, Bajnak! Du wirst nicht erschossen! Wir bürgen für dich!‹ Mir schnappte die Stimme über, und ich dachte nicht daran, daß mein Schreien sinnlos war.

Es war eine Qual, zuzusehen, wie Bajnak weiterkroch. Er konnte jeden Augenblick abstürzen, und dann hätten kein Gott und kein Doktor seine Reste zusammengekriegt. Endlich erreichte er eine der dunkel aufragenden Felsspitzen und verschwand dahinter. Die Schlucht lag längst im Schatten.

Der Wind legte sich, und der Abend kam. Pferde und Reiter zitterten vor Kälte. Wir beschlossen, Feuer zu machen, aber die Pferdeäpfel waren zu Stein gefroren und saßen fest im Schnee. Ich schickte drei der Männer zurück, um nach dem Lagerplatz des Pferdehirten zu suchen.

Indessen begann Bajnak in seinem Versteck zu arbeiten. Er klopfte mit Stein an den Felsen, bröckelndes Eis fiel herab. Wir glaubten, er wolle sich so vor dem Erfrieren retten.

Die drei Männer kamen erst in der Nacht wieder. Sie hatten im verlassenen Hirtenlager nur einen Pflock gefunden. Den spalteten wir zu Spänen und machten Feuer. Es wurde Mitternacht, bis die gefrorenen Pferdeäpfel so trocken waren, daß sie brannten. Einer mußte dem Feuer ständig Luft zufächeln, und wenn ihm die Arme schmerzten, löste ihn der nächste ab.

Die Nacht war kalt und lang. Wir hatten die Pferde nicht gefesselt, damit sie sich frei bewegen konnten.

Aber sie standen und zitterten. Einer nahm sie an den Zügeln und führte sie auf und ab, damit sie nicht erfroren. Inzwischen war der Schnee im Topf geschmolzen, und das Wasser begann zu sieden. Wir hatten unsere letzte Hammelkeule in dünne Scheiben geschnitten.

Es war nicht wie sonst am Lagerfeuer. Alle schwiegen und lauschten, nur selten sprach einer ein Wort. Die Schlucht war dunkel und über ihr ein Streifen Helligkeit. Das kam vom wolkenlosen Sternenhimmel und dem Schneeschimmer. Der Mond ging erst spät auf.

Bajnak arbeitete ununterbrochen weiter. Es war unheimlich, und ich mußte an das Murmeltier denken, das weitergräbt, bis ihm nur die blutenden Krallenstümpfe bleiben.

Irgendwann machten wir uns ans Essen. Wir ließen den Topf auf dem Feuer stehen, fischten mit den bloßen Händen die Fleischscheiben heraus. Die Finger spürten die Hitze nicht mehr. Einer der Männer rief: ›Bajnak, willst du ein Stück Fleisch haben?‹ Fleisch macht den Wolf, sagt man. Bajnak hörte auf zu arbeiten. Der Mann fuhr fort: ›Du mußt etwas näher kommen, wir können nicht so weit werfen.‹ Nach einer Weile antwortete Bajnak: ›Ein fettes Stück könnt ihr schon am Herd liegenlassen, wenn ihr am Morgen weggeht.‹ Seine Stimme klang bittend. Da meldete sich Zeweg: ›Wir gehen von hier nicht weg! Du hast Zeit bis Sonnenaufgang, Genosse Bajnak!‹ Bajnak rief zurück: ›Dasselbe sage ich euch, Genosse Vater! Stellt euch schon darauf ein, daß ihr von hier verschwindet!‹ Wir sahen einander schweigend an, im Mondschein wirkten die Gesichter bleich.

Bajnak arbeitete noch hastiger, als wolle er Versäumtes nachholen. Das wenige Fleisch und die Brühe hatten uns nicht erwärmt, aber der Morgen war nicht mehr fern.

Als es hell wurde, sahen wir, daß Bajnak die ganze Felsspitze abgebrochen hatte. Die Brocken waren zu einem Mauerbogen geschichtet. Dahinter lag ein Hügel aus Eisklumpen. Ich fragte die Männer, was wir ihrer Meinung nach nun machen sollten. Zeweg sagte, die Hälfte der Gruppe solle als Wache hierbleiben, während die andere ins Kreiszentrum reiten, das Bezirkszentrum benachrichtigen und warme Sachen, Nahrung, Brennholz und ein Zelt mitbringen sollte. Der Jüngste unter uns hielt das für einen Umweg. Er schlug vor, daß einer unter dem Feuerschutz der anderen Bajnak nachstieg. Die Meinungen waren geteilt, und man wartete auf meine Entscheidung, Angriff oder Rückzug. Ich überlegte und war mir nicht sicher, ob er schießen würde. Noch weniger mochte ich glauben, daß er auf seinen Vater oder einen anderen Landsmann schießen könnte.

Da rief Bajnak: ›Die Sonne ist aufgegangen. Das ist meine letzte Warnung. Ich zähle bis zehn. Eins, zwei ...‹ Wir sahen uns an, und ich dachte: Er ist am Ende, diese Drohung ist ein letzter verzweifelter Versuch. Er mußte Hunger haben, und mir fiel das fette Stück Fleisch ein, das er sich gewünscht hatte. Ich sah zum Himmel hinauf, er war so unsagbar weit.

›... sieben, acht, neun, zehn.‹ Der oberste Felsen schwankte, stürzte von der Mauer und sauste auf uns zu. Jetzt endlich begriff ich, was er vorhatte. Ich war wütend und schrie: ›Laß diese Dummheiten, Bajnak! Du bringst eine Menge Menschen um!‹ Der Fels verfehlte sein Ziel nur um ein Haar. Menschen und Tiere stoben schreiend und wiehernd auseinander, der Fels hüpfte weiter die Schlucht entlang und schlug zehn oder zwanzig weitere Steine los, es war ein Getöse, als wollten Himmel und Erde zerbersten. Ich befahl: ›Feuer!‹ Hier und da krachte ein Schuß, schon kamen die nächsten Felsbrocken herunter, und uns blieb nur noch die Flucht. Ich heulte vor Wut, stürzte mehrere Male, und bei jedem Sturz dachte ich, es hätte mich erwischt. Ein Pferd wurde von einem kesselgroßen Stein getroffen, es brach zusammen, und der Schnee um den Körper färbte sich rot.

Ich verabscheute Bajnak, ich hätte ihn umbringen können. Aber ich floh, und vor mir flohen die anderen Männer, und vor uns flohen in Panik die Pferde. Fels- und Eisbrocken flogen uns nach, holten uns ein, überholten uns, es war, als flute eine gewaltige Lawine auf uns herab.

Am Ausgang der Felsenschlucht wandten wir uns nach links und blieben keuchend stehen. Es verging geraume Zeit, bis der erste die Sprache wiederfand und sagte: ›So etwas!‹ Alle wunderten sich, daß sie mit dem Leben davongekommen waren. Außer dem einen Pferd waren wir alle unversehrt, aber wir waren geschlagen. Ich kochte vor Wut und rief: ›Zu den Pferden!‹ Diese standen etwas abseits, immer noch unruhig und voller Todesangst. ›Wohin?‹ fragten die anderen. Ärgerlich schrie ich: ›Wohin wohl, nach Hause etwa, zu den Weibern?‹ Wortlos gehorchten sie mir. Der Reiter des erschlagenen Pferdes war ein dürres Alterchen, Borwa geheißen, der saß nun hinter einem jüngeren Genossen auf.

Dir elendem Schuft, schwor ich mir, werde ich nachklettern, und wenn ich mich zum Krüppel stürzen sollte. Eigenhändig werde ich dich festnehmen oder erschießen! Ich haßte ihn, wie ich noch keinen Menschen gehaßt hatte. Er war meines Vertrauens nicht mehr würdig.

Als wir wieder in die Schlucht ritten und den steilen Gipfel über uns sahen, sagte Zeweg: ›Wäre es nicht besser, doch den Umweg zu nehmen, wie ich vorgeschlagen habe?‹ Die anderen Männer schwiegen. Ich sagte bissig: ›Ich werde ihm nachklettern. Ihr könnt meinetwegen unten bleiben und euch absetzen, wenn er wieder etwas finden sollte, um euch zu bombardieren.‹ Ich nahm jedoch an, daß er nichts mehr haben würde, womit er uns in die Flucht schlagen konnte.

Schweigend ritten wir den Weg hinauf. Zeweg klagte nicht mehr über Bauchschmerzen, ritt aber als letzter, er war mir zuwider. Um so mehr Entschlossenheit wollte ich zeigen. Viel Mut würde dazugehören, einem Bewaffneten über dieses Eis nachzuklettern und ihn herunterzuholen. Ich war besessen, und mich schauderte, als mir der König einfiel, der seine eigene Brut abschlachtete. Ich wurde unsicher. Vielleicht hatte Bajnak noch Fels- und Eisbrocken, die er auf uns herabjagen konnte. Ich wünschte es mir fast, denn dann wäre es besser, ihm nicht nachzusteigen.

Da wurde der Fels sichtbar, hinter dem Bajnak sein Versteck hatte. Der Stein- und Eishaufen war nicht mehr da. ›Er hat seinen ganzen Vorrat abgefeuert‹, rief einer erleichtert. Kaum waren diese Worte ausgesprochen, erblickten wir Bajnak in fünf Schritt Entfernung, die Pistole in der Hand. Erschrocken blieben wir stehen. Jetzt ist es aus mit mir und dir, mein Sohn, dachte ich. Die Wut war weg, der Mut war verflogen. Nur Mitleid war geblieben, in das sich etwas wie Stolz mischte. Bajnak sah wild aus, er glich keinem Sterblichen. Sein Gesicht war bleich, die Züge noch schärfer, das wirre schwarze Haar flutete glänzend über die Schulter herab, der Mund war blutverschmiert, seine Brust schien noch breiter geworden. Die mit Draht zusammengeschnürten Stiefel und der an siebenundsiebzig Stellen geflickte alte *Ton* standen ihm wie die ausgesuchteste Festkleidung. Wie ein seltener Schmuck hing an seinem Gürtel ein Schneehuhn, zwei gefrorene Blutstropfen klebten am Hals des Vogels gleich roten Perlen.

›Bleibt still im Sattel sitzen und hört gut zu, Brüder!‹ begann Bajnak. Die Pistole in seiner Hand zielte auf uns. Wir hatten die Karabiner geschultert. ›Ich zähle jetzt bis drei‹, fuhr er fort, ›und ihr laßt die Waffen fallen. Die linke Hand bleibt dabei am Zügel. Und keine Tricks, ich schieße nicht vorbei. Also: eins!‹ Er wartete. Die Männer saßen blaß und starr im Sattel, ihre Blicke waren auf mich gerichtet. ›Zwei!‹ Zeweg entledigte sich seiner Waffe, die anderen folgten ihm, ich als letzter. ›Nun die Patronengürtel!‹ befahl Bajnak. Er ließ die Hand mit der Pistole sinken und sagte leise: ›Reitet ein Stück zurück.‹ Wir gehorchten.

Er nahm die Patronen aus den Gewehren und legte Waffen und Munition auf einen Haufen. Dann packte er eines der Gewehre mit beiden Händen am Lauf, blieb vorgebeugt stehen und sagte: ›Ich bin nicht verrückt, ich habe nur Hunger. Seit drei Tagen habe ich nichts gegessen. Ihr habt mich grausamer verfolgt als der Wolf sein Opfer. Keinen Bissen Fleisch habt ihr mir zurückgelassen. Auf diesen faustgroßen Vogel habe ich so fieberhaft gezielt wie noch auf keinen Bären. Aus der Luft habe ich ihn aufgefangen und ihm das Blut ausgesaugt. Und ich hätte ihn so gegessen, wärt ihr nicht zurückgekommen. Wißt ihr, wie das ist, wenn einem der Hunger Hirn und Eingeweide verbrennt?‹ Die letzten Worte schrie er, seine Augen rollten, sein Gesicht verzerrte sich.

Dann ging er, das Gewehr am Lauf gepackt, auf einen spitzen Felsen zu und schlug den Kolben dagegen, daß die Splitter flogen. Er sammelte sie zu einem Haufen, zerbiß eine Patrone, schüttete das Pulver über die Späne und entfachte ein loderndes Feuer. Hastig rupfte er das Schneehuhn und hielt es in die Flamme. Schon lange sah er nicht mehr zu uns herüber, und er hätte nicht bemerkt, wenn sich ihm einer genähert hätte, so vertieft war er in die Arbeit. Aber in diesem Augenblick dachte keiner von uns daran, Hand an ihn zu legen, wir sahen ihm nur erstaunt zu. Die Angst war verflogen, und die Furcht vor dem Gesetz war noch nicht erwacht.

Bajnak hielt den winzigen Vogelleib in beiden Händen, blies darauf und biß hinein. Er kaute hastig und spie die Knochen aus. Im Nu war der Vogel verzehrt. Zum Schluß stopfte er sich eine Handvoll Schnee in den Mund. Dann sah er zu uns auf und sagte: ›Verzeiht mir, daß ich euer Leben in Gefahr gebracht habe. Ich will keinem etwas tun, aber ich will leben, solange ich kann. Es ist die Not, die einen zum Dieb, vielleicht auch zum Mörder macht. Diesen alten Ton habe ich gestohlen, um nicht zu erfrieren. Später habe ich dem Besitzer, einem armen alten Mann, dafür zwei Fuchsfelle vor die Jurte gelegt. Ich würde ihm noch manches bringen, denn der Ton ist mir mehr wert als großer Reichtum. Aber ich muß mich hinschleichen wie ein Dieb, und es ist möglich, daß ich dabei wieder etwas stehle, zum Beispiel ein paar tuwinische Stiefel, denn meine Soldatenstiefel werden den Altaiwinter nicht überstehen. Verzeih mir, du weißhaariger Bruder Borwa, weil ich dir das Pferd erschlagen habe. Mein Leben lang werde ich nicht vergessen, daß ich in deiner Schuld bin. Verzeih mir, du Bruder, dem das zerschlagene Gewehr gehört. Allein du weißt nicht, was ein Bissen brandheißes Fleisch bedeuten kann. Verzeiht mir, Brüder, Vater, alle, daß ich euch die Patronen wegnehmen werde. Damit werde ich versuchen, zu leben und meine Schulden zurückzuzahlen, so gut ich kann. Jeder Wolf wird sterben, dem ich auf die Spur gerate. Verzeihen möge mir mein Volk, weil ich ihm meine Kräfte entziehe und nur Unruhe stifte. Doch ich will versuchen, ihm Härten abzunehmen. Ich säubere jeden Weg und Pfad, auf dem ich wandere, bessere verlassene Hütten und Ställe aus, erneuere alte Brunnen und helfe den Hirten und ihren Herden bei der Suche nach guten Weideplätzen.‹

Zuerst hatte er ruhig gesprochen, dann verlor er sich in Leidenschaft, und Tränen traten ihm in die Augen. Auch ich weinte, ich hatte alle Gefahr vergessen, war stolz auf den schönen jungen Mann, der um jeden Preis leben wollte, und ich wünschte, daß er lange, lange leben würde.

Es war ein schöner Morgen, hoch über der Schlucht spannte sich der Himmel wie dunkelblaue Seide, und trotz der Kälte spürte man einen Hauch Sonne auf der Haut wie eine Verheißung des kommenden Frühlings.

Bajnak suchte sich ein Gewehr aus dem Haufen, schulterte es und schnallte sich zwei gefüllte Patronengurte um den Leib. Dann sagte er: ›Vielleicht ist es eines dieser Gewehre, aus dem mich eines Tages der Tod trifft, aber ich gebe sie euch zurück.‹ Damit brachte er uns die leeren Gewehre und Patronengürtel. Wir blieben stumm, so wie wir die ganze Zeit dagestanden hatten. Das zerschlagene Gewehr gehörte Zeweg, er stand ganz hinten, und seine Hand zitterte, als er den nackten Gewehrlauf entgegennahm.

Bajnak stand wie ein Denkmal und sah uns nach. Als wir uns ein Stück entfernt hatten, rief er: ›Verzeiht, Brüder, verzeih, Vater, ich kann nicht mehr zurück!‹ Der alte Borwa seufzte: ›Der Junge ist verloren.‹ Zeweg fügte hinzu: ›Auch wir sind verloren.‹ Ich weiß nicht, ob auf dem Heimweg noch ein Wort gesprochen wurde.

Nach Mitternacht kamen wir im Zentrum an. Bereits am nächsten Morgen wurde ich ins Krankenhaus gebracht. Ich hatte Lungenentzündung bekommen. Fünf, sechs Tage war ich nicht richtig bei Bewußtsein. Später hörte ich von meinem Bettnachbarn, daß ich tage- und nächtelang von Bajnak als von meinem Sohn geredet hätte.

Die Lungenentzündung hatte ich bald überstanden, aber mit dem Herzen war etwas nicht in Ordnung.

Ich sollte versuchen, an nichts zu denken, riet mir der Arzt. Doch werden die Doktoren jemals eine Arznei gegen die Gedanken erfinden?

Es wurde ein langer Winter. Das Krankenhaus hatte nur ein Zimmer mit acht Betten und nur zwei Angestellte, den Unterarzt und die Schwester. Die Leute waren damals mit dem Krankenhaus noch nicht so vertraut. Wir lagen meistens zu dritt und zu viert im Zimmer. Nur Schwerkranke wurden eingeliefert. Sie starben oder genasen, keiner jedoch blieb so lange wie ich. Acht Menschen starben in jenem Winter in diesem Krankenhaus, darunter vier junge Mütter und zwei kleine Jungen.

Einer von ihnen ist mir unvergeßlich in Erinnerung geblieben. Er war sieben Jahre alt und wollte ein so vortrefflicher Jäger werden wie sein großer schöner Bruder vom Berg. ›Wer ist dein großer schöner Bruder vom Berg?‹ fragte man ihn. Das dürfe er niemandem verraten, sagte der Junge. Aber er kam immer wieder auf seinen großen schönen Bruder vom Berg zu sprechen. Es ging ihm immer schlechter, und an einem Schneemorgen starb er. Die ganze Nacht hatte er mit dem Tod gerungen. Er wollte wissen, ob es auch im Gebirge schneite. Ich ging hinaus, damit er nicht sah, daß ich weinte. Im Gebirge schneite es wirklich. Als der Junge das hörte, sagte er: ›Dann muß mein schöner großer Bruder vom Berg ...‹ und verstummte. Erst gegen Mittag entdeckten wir, daß er tot war.

Die Kranken erzählten von ihren Eltern, ihren Männern, ihren Frauen, von den Tieren, die bald jungen mußten, und von bösen und guten Mitmenschen. Sie machten sich Sorgen um ihre Familien, freuten sich auf ihr Zuhause. Ich hatte kein Zuhause, auf das ich mich hätte freuen können, auch auf die Arbeit freute ich mich nicht. Und von meinen Sorgen durfte ich keinem etwas sagen. Auch über Bajnak wurde gesprochen, aber nur wenn ich schlief oder nicht im Zimmer war. Manchmal stellte ich mich stundenlang schlafend, um die wichtigsten Neuigkeiten mitzubekommen.

Einen Tag nach unserer erfolglosen Aktion war eine Gruppe von der Staatssicherheit eingetroffen. Sie hatte die Berge nach China hin durchsucht, war jedoch nach zwei Wochen ins Bezirkszentrum zurückgekehrt, ohne eine Spur von Bajnak entdeckt zu haben.

Bajnak wurde bewundert und bemitleidet. Schinak, ein Mann in meinem Alter mit dem Spitznamen Blau, weil er ein Leberleiden hatte, erzählte, daß er Bajnak regelmäßig Tabak, Salz, Tee und getrockneten Quark gebracht habe. Gegen Ende des Winters hieß es, er sei abgeholt worden.

Manchmal bekam ich Besuch von der Kreisleitung. Mir fiel auf, daß sie mich mit ›Genosse Dshaniwek‹ anredeten, nicht mit ›Genosse Chef‹ oder ›Genosse Parteisekretär‹ wie früher. Das kränkte mich nicht, es fiel mir nur auf. Einmal besuchte mich der Kreisvorsitzende. Er sagte, daß allerhand Arbeit auf mich warte, und wünschte mir schnelle Genesung.

Am 12. April wurde ich aus dem Krankenhaus entlassen. Ich verbrachte einen langen Tag und eine lange Nacht in meiner Hütte. Tags darauf ging ich zur Arbeit, und am Nachmittag war eine Versammlung des Parteivorstands. Ein Vertreter der Bezirksleitung war anwesend. Behandelt wurde der Fall Dshaniwek. Sie wußten, was ich im Fieber geredet hatte. Obendrein beschuldigte mich Zeweg, die Gruppe absichtlich zu Bajnak geführt und ihm die Waffe in die Hand gespielt zu haben. Ich berichtete, wie alles gewesen war, erzählte auch von Bajnaks nächtlichem Besuch, wies aber Zewegs Anklage zurück. Mitten in die Versammlung kam der Bleiche Galsan hereingestürzt und rief: ›Ich habe Bajnak gesehen! Er übernachtet in Chara-Choow in der Jurte der alten Dowaj!‹

Die Verhandlung wurde unterbrochen. Der Kreisvorsitzende sah mir scharf in die Augen und sagte: ›Genosse Dshaniwek! Sie haben die Partei einmal belogen. Ob Sie die Genossen absichtlich in Gefahr gebracht haben, wird noch überprüft. Aber wir geben Ihnen jetzt Gelegenheit, sich zu bewähren. Sie werden die Gruppe wieder leiten. Das ist auch für uns von Vorteil, denn Bajnak hat zu Ihnen das größte Vertrauen. Das nutzen Sie aus, um ihn festzunehmen. Geschossen wird nur im Falle ernsten Widerstands.‹

Kurz vor Morgengrauen trafen wir in Chara-Choow ein. Ein lauer Wind wehte den Geruch von frischem Grün und warmen Hürden ins Tal. Vor der Biegung in der Talmitte ließen wir die Pferde mit dem Kurier zurück und näherten uns dem Lager auf fünf bis sechs Stricklängen.

Jurte und Hürde schliefen. Ein Hund war nicht zu sehen, an der östlichen Ecke des Walls stand eine Wolfsscheuche. Ich zeigte den Männern, wo sie Posten beziehen sollten, Buraj in der Mulde vor dem großen Murmeltierbau, Zeweg hinter der Wolfsscheuche, Pagwa und Daka hinter dem Felsen im Westen. Für mich und den Kreisvorsitzenden sowie den Mann aus der Bezirksleitung wählte ich diesen Felsen hier.

Wir setzten uns in die Felsritze dort oben. Die Jurte stand so nah, daß man mit einem Steinwurf jede herauslaufende Maus erwischt hätte. Wir schwiegen, die geladenen Gewehre in den Händen.

Ich sah die letzten Sterne, die schwach herunterblinkten, sah die Jurte, die friedlich schlummerte und nicht ahnte, daß hundertfach der Tod um sie lauerte, und ich stellte mir vor, wie es dort drinnen wohl aussehen mochte. Die alte Dowaj kannte ich. Vor reichlich zehn Jahren war ihr Mann gestorben, und seitdem lebte sie mit ihrer einzigen Tochter Gumaj hier in dieser verlassenen Gegend. Sie sollte etwas starrköpfig sein, und ähnliches wurde auch von der Tochter erzählt. Eine Berg- und Flußjungfer nannte man Gumaj. Aber sie war eine junge Frau, und eine Menge Burschen hatte sich um sie beworben, sie hatte jedoch keinen erhört.

Ich dachte, daß Bajnak jetzt glücklich war, und wünschte mir, daß die Nacht noch lange dauerte. Doch es wurde bald Tag, die erwachenden Tiere meckerten und blökten, die Vögel zwitscherten. Die Jurtentür öffnete sich, und unter dem letzten gelben Schein der frühen Dämmerung trat die Tochter heraus. Sie blickte in alle Himmelsrichtungen, zog die Rauchöffnungsdecke zurück und ging austreten. Bevor sie wieder in die Jurte ging, sah sie sich noch einmal vorsichtig um. Uns konnte sie nicht entdecken, weil die Felsritze noch im tiefen Schatten lag.

In der Jurte ging Licht an, Rauch stieg aus der Öffnung, und Kessel und Kelle klapperten. Die Jurtentür öffnete sich wieder, und ein hochgewachsener Mann kam heraus. Es war Bajnak. Er hob die Hand über die Augen und schaute den Weg entlang, der talaufwärts führte. Die Männer duckten sich und sahen mich fragend an. Ich mußte die Zeit nutzen, solange mir Bajnak den Rücken zuwandte. Ich verließ die Felsspalte und stieg lautlos hinunter. Zwischen uns lagen kaum zehn Schritte.

Ich war sicher, daß er sich friedlich ergeben würde, und wollte ihn gar nicht erst erschrecken. Darum rief ich nur halblaut: ›Ergib dich Bajnak, du bist umzingelt!‹ Bajnak drehte sich so heftig um, daß ihm die Fuchsmütze vom Kopf fiel. Statt die Hände zu heben, fuhr seine Hand in den Brustlatz! Ich riß das Gewehr hoch und schrie: ›Laß das sein, Bajnak!‹ Er warf seine wilde schwarze Mähne zurück wie ein kampflustiger, übermütiger junger Hengst, packte die Pistole und streckte den Arm aus. Was sollte ich tun? Hätte ich ihm nur einen Augenblick Zeit gelassen, er hätte uns nacheinander abgeknallt. Ich drückte ab.«

Obwohl ich darauf gewartet hatte, zuckte ich zusammen. Der alte Dshaniwek schwieg. Es schneite in großen Flocken, der Himmel schien sich in Weiß aufzulösen. Das Feuer war heruntergebrannt. Nur ein paar halbverkohlte Dungreste qualmten noch.

Die Stille war quälend. Aber ich hatte nicht die Kraft aufzustehen und Dung zu holen. Dshaniwek starrte mit trockenen Augen in den Rauch.

Endlich fuhr er flüsternd fort: »Hast du schon einmal eine junge Lärche gefällt? Hast du zugesehen, wie sie umstürzte, gehört, wie es krachte, im Wald widerhallte und dann still wurde? Das Echo des Schusses wurde von den Felsen zurückgeworfen, es klang, als würde aus mehreren kleinen und großen Gewehren geschossen. Bajnak war gefallen wie eine junge Lärche. Er lag im Blut wie ein junger roter Altaihirsch.

Aus der Jurte kam die Tochter gestürzt, schrie gellend auf und brach bewußtlos zusammen. Die Mutter lief zu ihr, warf sich über sie und stieß Verwünschungen aus. Die Männer standen keuchend und betreten um das Opfer herum, die Waffe noch in der Hand, so wie der Jäger vor dem toten Wild, der Flößer vor dem toten Baum steht.

Die Erde war noch steinhart gefroren. In der Jurte fanden wir nur einen alten gekrümmten Spaten. Damit gruben wir mühsam einen seichten Graben, in dem der Tote kaum Platz fand.

Als wir ihn trugen, faßte ich ihn unter den Armen, und mir wurde übel vom Blutgeruch. Ich drückte seinen Kopf an meine Brust, krallte Halt suchend meine Finger in seinen Ton. Wir legten ihn ins Grab, so wie er war, die Fuchsmütze bedeckte sein Gesicht. Vereiste Erdklumpen fielen darüber. Was dann geschah, weiß ich nicht mehr.

Am nächsten Tag kam ich im Krankenhaus wieder zu mir. Man hatte mich auf einem Kamel im Dachfilz der alten Dowaj hingebracht. Die Jurte und das Vieh der Alten wurden in das Chomdu-Tal geschafft. Ich dachte, ich müßte sterben. Aber ich wurde nach zwölf Tagen entlassen und ging sofort zur Kreisleitung.

Die Verhandlung über meinen Fall ging weiter, sie war schnell zu Ende. Sie sagten, daß ich meinen Auftrag diesmal gewissenhaft erfüllt hätte, und bedauerten, daß es so gekommen war. Wegen meiner geschwächten Gesundheit boten sie mir an, Vorsteher der Kooperative zu werden. Das lehnte ich ab, aber nicht aus gekränktem Stolz, weil ich nun nicht mehr Parteisekretär sein sollte. Die letzten Monate hatten mich zu einem anderen Menschen gemacht.

Bajnaks Tod war für mich der Schlag, den jeder Betrunkene bekommen muß, um wieder ganz nüchtern zu werden. Ich hätte im Staatsdienst bleiben können, aber ich dachte: Warum unbedingt ich? Es gibt Jüngere, die nicht nur Willen, sondern auch Wissen besitzen. Ich halte das für eine Krankheit der Menschen, wenn sie nicht zugeben wollen, daß sie allmählich alt, gebrechlich und für ihre Arbeit untauglich werden und so der fähigeren Nachkommenschaft im Weg stehen. Nein, dachte ich, du wirst das machen, wozu du gerade noch gut bist.

In jenem Jahr hatten wir einen bösen Frühling. Mitte Mai fiel dicker Schnee auf Berg und Steppe, dann kam ein Schneesturm, der tagelang anhielt. Der Schnee lag bis zur Mitte des nächsten Monats. Eine Viehseuche brach aus, und ganze Herden gingen ein. In der Morgenkühle, in den Wolken, auf den Gesichtern der Menschen, überall lag etwas Bedrückendes. Der Sommer ließ auf sich warten.

Ich war noch immer ein rechter Habenichts, nicht einmal ein Pferd besaß ich. Was ich heute besitze, ein paar Pferde, das Sattelzeug, das Gewehr und das Zelt, das habe ich mir vom Einkommen meiner neuen Arbeit angeschafft. Ich wurde Kamelzüchter. Ich wurde es, weil sich kein anderer Hirte für ein paar Kamele der eben erst gegründeten Genossenschaft fand. Von meiner neuen Arbeit will ich nur so viel sagen, daß sie schwerer ist als die vorherige.

Am 23. Mai trieb ich meine Kamele von Sar-Chöl nach Borgasun. Pferd und Zelt hatte mir die Genossenschaft gegeben. Hinter Ala-But begegnete ich einer Gruppe mit Zeweg und zwei anderen von der Kreisleitung. Sie waren auf der Suche nach Gumaj, die seit vier Tagen verschwunden war.

Ich machte einen Abstecher nach Chara-Choow. Ich wollte meinem Sohn wieder einmal nahe sein. Das Tal lag schneebedeckt und verlassen da. Von den winzigen Stellen mit kümmerlichem Grün und dünnen Schneeglöckchenbüscheln flüchteten magere Murmeltiere zu ihren Löchern. Als ich mit meiner Herde die Talbiegung erreichte, wo wir in jener Nacht die Pferde mit dem Bleichen Galsan zurückgelassen hatten, hörte ich eine Frauenstimme singen:

Tu dich auf, mein steiler Fels!
Dir möcht ich meinen Einzigen anvertrauen!

Ich bin nie gläubig gewesen, aber da wurde mir unheimlich. Und als ich mich dem Lager näherte, die Herde hinter mir ließ und auf die verschneite Hürde zuritt, hörte ich wieder die Stimme, diesmal ganz nah:

Komm schnell, du lieber Altaigeist!
Erwecke mir meinen Recken zum Leben!

Ich blieb stehen und glaubte *Bugtu-Girisch* mit ihrem *Buga-Dsharin* in der Felsritze zu sehen. Aber da hockte

Gumaj in gürtellosem Ton und mit zerzausten Haaren. Was dort vor ihr lag, in Ton und Stiefeln, das konnte nur der tote Bajnak sein! Ich schrie auf und ritt ein Stück zurück. Die Kamele standen dicht gedrängt. Beim Wall stieg ich ab, machte den Zügel an einem Stein fest und ging auf die Irre und den Toten zu. Das Mädchen hielt die zusammengerollte Pelzmütze im Schoß, wiegte sie und sang:

Bist du heute auch nur daumengroß,
morgen wirst du König sein, mein Sohn!

Sie streckte mir lächelnd die Hand entgegen und sang weiter:

Er ist gekommen, der liebe Altaigeist,
er wird dir den Vater wiedererwecken!

Dann verstummte sie, und ihr Gesicht verfinsterte sich. Sie starrte mich an. Sie nahm aus der Fuchsmütze einen schmalen blauen Stein, schrie ›Mörder!‹ und sprang auf mich los. Ich spürte einen Schlag an der Stirn, stürzte mich auf sie. Wir fielen in den Schnee. Ich lag über ihr, hielt sie fest, band ihr mit meinem Gürtel die Hände auf dem Rücken zusammen. Mir dröhnte der Kopf, die blutende Wunde auf der Stirn brannte. Aber ich konnte Gumaj nicht loslassen, um mir die Wunde zu verbinden, sie biß und kratzte und trat nach mir. Und sie verfluchte mich.

Ich zerrte sie zum Pferd, wollte sie auf den Sattel heben, doch sie wehrte sich, sie war stark. Da knotete ich den Zügelriemen um ihre Brust, saß auf und zog sie neben mir her. Das Pferd war zahm. So gingen wir bis Sonnenuntergang und bis Mitternacht. Nach einer Weile beruhigte sie sich und begann nun besinnungslos zu weinen. Als ihr die Beine nicht mehr gehorchten, nahm ich sie hoch und hielt sie vor mir im Sattel fest. Sie zappelte und schluchzte tonlos. Einmal verlor ich sie aus dem Sattel, weil sie mich in den Oberarm gebissen hatte. Da band ich ihr mit dem Gürtelende den Mund zu. Gegen Mitternacht erreichte ich die Jurten diesseits des Flusses und weckte die Leute. Sie wuschen und verbanden mir die Wunde, gaben der Armen zu trinken und zu essen. Am frühen Morgen ritt ich nach Chara-Choow zurück. Gumaj blieb zurück, man wollte sie auf einem Floß über den Fluß setzen und ins Krankenhaus bringen.

Die Kamele hatten in der Hürde übernachtet. Der Tag war blaß und windig, der Boden war hart. Mit einem spitzen Stein versuchte ich, das Grab zu vertiefen. Ich schlug mir die Hände wund. Bajnak war schwer. Es war mir unbegreiflich, wie ihn das arme Mädchen auf den Felsen geschleppt hatte. Er war wie ein Stück Stein, roch nach Erde und gefrorenem Kadaver. Ich bedeckte den Leichnam mit Erde und ging.

Das Frühjahr und den Frühsommer verbrachte ich in Borgasun bei der Herde. Erst zwei Tage vor dem Staatsfeiertag kam ich zurück. Mir waren Tee und Salz ausgegangen. Von meiner Wunde war eine Narbe geblieben. Ich mußte schrecklich aussehen, denn die Leute mieden mich, und so ging ich ihnen aus dem Weg. Am Staatsfeiertag war ich wieder in meinem Zelt, das mir Zuhause war, und bei meiner Herde, die mir die Zeit nicht lang werden ließ.

Das ist so lange her, daß du, der du damals noch im Mutterleib gingst, nun so alt bist wie mein Bajnak, als er starb. Es wird dich interessieren, was aus Gumaj geworden ist und woher ich die zweite Narbe habe.

Gumaj wurde bis zum Frühwinter siebenundvierzig im Krankenhaus festgehalten, dann verschwand sie spurlos. Die alte Dowaj war schon vorher gestorben und von den Nachbarn ordentlich begraben worden.

Die linke Narbe auf der Stirn bekam ich erst Jahre später. Auf einem Hochzeitsfest packte mich ein junger Mann namens Schimej am Hals und schlug mir eine Flasche ins Gesicht. ›Damit du zwei Narben hast als Erinnerung an Bajnak und Gumaj!‹ sagte er. ›Vielleicht bringt Tuwa einen Sohn hervor, der dir eines Tages eine dritte Narbe ins Gesicht setzt als Erinnerung an ihr ungeborenes Kind!‹ Man riet mir, Anklage gegen ihn zu erheben, aber ich unterließ es.

Nun, ich wollte dir Bajnaks Geschichte erzählen, und daraus ist die Geschichte meines Lebens geworden. Darum will ich dir noch sagen, daß die Herde, als ich sie übernahm, nicht ganz dreißig Kamele zählte und nun auf mehr als sechshundert angewachsen ist. Ich freue mich, wenn ich sehe, wie die rötlichgelben Tiere Tal und Steppe bedecken. Und ich will der Genossenschaft noch mehr Kamele heranzüchten. Aber das ist nicht alles, warum ich leben will. Ich möchte auch sehen, was weiter wird. Solange es geht. Und nur unter diesem Stück Himmel.«

Der alte Dshaniwek hatte sich ausgesprochen. Er stand auf und ging Dung sammeln. Es schneite noch immer. Die Pferde schliefen. Wir machten Feuer und schichteten den Dungrest zu einem spitzen Haufen für den nächsten Vorbeireisenden. Dann weckten wir die Pferde und saßen auf.

Nach einer Weile blieb Dshaniwek stehen und sagte: »Hier!« Es war eine Stricklänge südwestlich von dem Jurtenplatz. Daß dort ein Grab liegen sollte, war nicht mehr zu erkennen. Die Erde war zusammengewachsen.

Wir ritten zurück. Ich mußte mich immer wieder umdrehen und zurückblicken. Mir war, als ließe ich jemanden zurück, der mir wie ein Bruder war, vielleicht noch mehr. Das Land lag wie tot, kein Murmeltier zeigte sich, kein Vogel flog. Allein das Feuer brannte und warf warmen, blauen Rauch gegen den Schneehimmel. Das gab dem Lager ein wenig Leben.

Erst bei Sonnenuntergang hörte es auf zu schneien. Den Gipfel erreichten wir spät nachts. Es war kalt. Am Morgen trafen wir auf einen *Owoo*. Das war der Bajnak-Owoo, ein Tagesziel für die Jäger. Bajnak hatte ihn in seiner Todesangst als Opfer für den Ortsgeist errichtet. Und in den Jahren hatten Jäger und Hirten, die auf der Suche nach vermißten Tieren waren, viele Steine dazugelegt. Kein loser Stein war mehr in der Nähe. Wir mußten ein ganzes Stück den Berghang hinunterlaufen, um einige zu finden. Ich trug zwei Steine zum Owoo, einen für Bajnak.

Zwei Tage später kehrten wir mit reicher Jagdbeute heim. Wir waren einem Wolfsrudel auf die Spur geraten.

Bald darauf verließ ich den Altai. Es war ungewiß, wann und ob ich je wiederkommen würde.

Bisen

Bedrückende Stille. Der offene Steinstall atmete aus seinen hundert Mäulern nicht einen leisen Hauch, als hätte das Leben sich hinter ihnen in diesen Morgenstunden ängstlich zurückgezogen.

Mit fragendem Blick streifte Bisen, der kleine Hirtenjunge, den schwammigen Morgenhimmel. Er war traurig, denn seine Mutter war in der letzten Zeit häufig krank gewesen. Aber ihr *Uwaa* würde endlich zurückkommen, hatte der Vater zu Bisen gesagt, und er freute sich. Damals war Bisen so glücklich gewesen, als sein Bruder, ein kleiner quecksilbriger Junge, zur Welt kam. Als er jedoch gerade laufen und mit Bisen spielen konnte, hatte man ihn *ins Salz geschickt.*

Der Salzsee lag weit entfernt von hier, und die Reise würde ein bis zwei Winter dauern. Anfangs war Bisen empört: Warum mußte man gerade seinen Bruder nach Salz schicken? Die anderen hatten zwar alle viel zu tun, aber es gab auch Menschen, die nichts zu tun hatten. Er kannte sie, denn einmal war er im *Sumunzentrum* gewesen, wohin er sich nie wieder wagen würde, denn dort gab es stinkende Ungeheuer, die brummend herumtobten. Bisen verdankte damals die Rettung seinem Pferd Windbraun, wie *Paavyldaj* die seine dem Leopardenscheckigen. Auf seinem Rücken hatte Windbraun ihn den Ungeheuern entrissen.

Warum mußte gerade der kleine Uwaa Salz für Leute holen, die in dunklen feuchten Lehmhäusern saßen und gähnend darauf warteten, daß es Abend wurde, damit sie sich wieder schlafen legen konnten.

Daß Uwaa fortgegangen war, hatte Bisen erst am nächsten Morgen erfahren, als dieser wahrscheinlich schon eine weite Strecke zurückgelegt hatte. Nicht einmal der Vater mit seinem Falkengrauen hätte ihn einholen können, selbst wenn er ihm gleich nachgeritten wäre, nachdem Bisen ihm und der Mutter klar gemacht hatte, wie ungerecht es war, ausgerechnet seinen Uwaa fortzuschicken.

Zwei Jahre waren inzwischen vergangen, doch die Eltern meinten, es wäre besser, später anzukommen als zu früh. Aber das zählte nicht für Bisen. Er wurde ungeduldig und dachte manchmal, daß die Menschen nicht ganz gescheit wären, denn wozu brauchte man unbedingt Salz? Früher waren sie einen ganzen Winter ohne Salz ausgekommen, nichts war einfacher als das, man gewöhnte sich daran.

Zuweilen kamen ihm Zweifel, ob sich ihr Uwaa nicht auch verlaufen haben könnte, denn er war fast zu klein, um allein zu reisen. Außerdem könnte er sich so beeilt haben, daß er die gefahrvolle Reise auch nachts nicht unterbrach. Dann streichelte ihm der Vater den Kopf und sagte: »Aber Bisen, Mutter und ich wissen, daß unser Uwaa schon auf dem richtigen Wege zu uns ist. Du siehst es doch an der Mutter.« Bisen beruhigte sich, dachte dann aber: »Wieso muß Mutter krank sein, wenn unser Uwaa endlich vom Salz heimkommt?« Mißtrauisch wandte er sich wieder an den Vater. Der küßte ihm die Augen und sagte nur: »Ach Bisen, du bist noch viel zu klein, um das zu verstehen.« Bisen war darüber nicht beleidigt, er war nur traurig, denn er wußte, daß er vieles nicht verstand. Da nahm ihn der Vater bei den Schultern und sagte scherzend zu ihm: »Übrigens, Neugierde ist eine Eigenschaft der Weiber. Du bist, oder besser, du wirst ein Mann, und dann wirst du alles verstehen.«

Bisen wollte kein Weib sein. Auch ein Mann war er noch nicht, das wußte er, aber eines Tages würde er einer sein, das wußte er auch. Damit gab er sich vorerst zufrieden. Hauptsache, daß Uwaa auf dem richtigen Weg nach Hause war. Er würde ihn mitnehmen, wenn er morgens der Herde nachging, und sein Bruder würde ihm die erlegten Zieselmäuse tragen.

Bisen hütete eine kleine Herde von meist spätgeborenen Schafen und Zicklein vom vergangenen Jahr und von mageren, kränklichen und alten Tieren, die nicht mit der großen Herde auf die entfernte Weide gehen konnten. Den ganzen Tag unterhielt er sich mit Mänkir, dem großen zottigen Hirtenhund, über Uwaa. Er war dann so in das Gespräch versunken, daß er oft erst bemerkte, daß der Tag vergangen war, wenn seine unruhige Herde plötzlich mit lautem Geblök und Gemecker heimwärts zog, nachdem sie vergeblich auf einen Wink von ihm gewartet hatte.

Jeden Abend vor dem Einschlafen dachte er darüber nach, welches von seinen Schäfchen und Zicklein, welche Spielsteine und Knöchelchen er Uwaa schenken sollte. Nachts träumte er von ihm. Ja, er hatte ihn sehr lieb, und jeden Morgen, wenn ihn die kalten Hände des Vaters dem Traum entrissen, suchte er mit noch schläfrigen Augen in der Jurte herum, ob sein Uwaa nun endlich vom Salz zurück sei. Jetzt war er traurig, denn die Mutter war kränker als sonst. In der Nacht hatte er sie laut weinen hören und sie dann im Kerzenlicht, vom Vater gehalten, mit großen Schweißtropfen auf der Stirne am ganzen Körper zittern sehen. Niemand weckte an diesem Morgen Bisen. Er wurde von selbst munter.

Der Vater hatte bereits Tee gekocht. Die Mutter lag noch im Bett. Hastig schlürften Vater und Bisen den heißen Milchtee aus den Schälchen. »Iß dich satt, mein Junge.« Mutters Stimme war schwach. Bisen nahm aus der Holzschüssel ein Stück fettes Hammelfleisch, tauchte es in den dampfheißen Tee, biß, ohne zu warten, daß es warm wurde, ordentliche Stücke davon ab und kaute mit vollem Mund. Dann sagte der Vater fast beiläufig: »Ich muß den Arzt holen. Mutter ist krank. Du wirst die Herde auf deiner Weide halten, bis ich wiederkomme. Wenn es anfängt zu schneien, treibst du sie sofort nach Hause in die Hürde. Bis dahin wird sich das Vieh auch sattgefressen haben.« Bisen hörte ihm ruhig wie ein Erwachsener zu und kaute, daß sich auf seiner Nase kleine Tröpfchen sammelten.

Das Hürdengatter krachte zurück. Die winterschwachen Tieren standen müde auf und schüttelten sich, als wollten sie die Scheu, das mit Mühe erwärmte Stück Erde zu verlassen, von sich abstreifen. Bisen stand klein und aufrecht in der Flut von Geblök und Gemecker. Er ließ die Tiere vorbei, während er vielen ihre Namen zurief und ihnen dabei liebevoll übers Maul strich. Jedes Tier hatte einen Namen und ein Gesicht, und Bisen unterhielt sich mit ihnen wie mit Menschen. Die helle Kinderstimme durchschnitt die wolkenträge Luft: »Mänkir, Mänkir! Lenk die Herde nach unten! Heute geht's nicht das Tal hinauf!« Mänkir rannte bellend den Tieren in den Weg und trieb sie in die andere Richtung. Ein weißer Ziegenbock gehorchte dem Hund nicht und ging ungestört weiter. »Hey, du,

Großvater, bist wohl nicht gescheit mit deinem langen Bart!« Der Ziegenbock hob müde den Kopf und lauschte. »Kehr sofort zurück, du Zottelbart!« Langsam trottete er den anderen hinterher.

Bisen mußte diesmal die Herde zu Fuß hüten, was er sonst nie tat, wenn ihm die ganze Herde anvertraut war, denn der Vater nahm seinen Windbraun gesattelt mit, weil jeder, der den Arzt holen wollte, ein Pferd mitbringen mußte.

Mänkir war Bisens treuer Helfer und Ratgeber, denn er war bald doppelt so alt wie er. Der Vater sagte, der Hund wäre betagt, und deshalb sei es an der Zeit, ihm Ruhe zu gönnen. Damit meinte man, den altgewordenen Hund nach einem reichlichen Mahl zu erdrosseln, ihm den Schwanz mit einem großen Stück Hammelfett ins Maul zu stopfen und ihn ehrenvoll zu begraben.

Bisen aber wollte sich von seinem Freund nicht trennen. Mänkir war der treueste und schönste Hund der Welt, und Wölfe zeigten sich ihm nur deshalb nicht, weil sie feige waren, denn er würde auch mit dem größten Wolf fertig werden.

Bisen kannte seinen eigenen Geburtstag nicht, es war auch nicht weiter wichtig, denn eines wußte er ganz sicher, daß er sieben Jahre alt wurde, wenn die Täler wieder grün lagen. Und nach einem Jahr würde er acht und nach wieder einem Jahr neun ... »Ach Mankir, guter alter Mänkir, wenn ich doch nur schon so groß wäre wie du!«

Keinen Strauch, nicht einmal eine Quelle gab es hier. Die Berge waren kahl und sauber. Sie hießen die Schwarzen Berge, weil Felsen und Hügel, Sand und Steine schwarz erschienen. Früher gehörten sie Bisens Urgroßvater, der sehr reich gewesen war und keinem Fremden erlaubte, sie zu bewohnen. Jetzt gehörten sie zwar Bisens Vater nicht mehr, dennoch wagte sich kein

Fremder hierher, denn in dieser unwirtlichen Gegend waren die Winter lang und hart. Es fiel dort wenig Schnee, in jenem Jahr nicht einmal so viel, daß es für Trinkwasser reichte. Der Vater brachte den Schnee jeden Tag vom Kamm in einem Sack fest gestopft, wenn er abends mit der Herde heimkehrte.

Jeder Hügel, jeder Sattel hatte seinen eigenen Namen. Viele davon waren Bisens Erfindung. Am »Rastort der hundert Ritter« fand er einen feuerroten Stein. Der alte Mänkir sah den Stein an und rannte los. Kurz darauf blieb er stehen und bellte. Er hatte auch einen feuerroten Stein gefunden und legte die Pfote darauf. »Ach Mänkir, kluger Mänkir, käme doch nur unser Uwaa bald zurück. Wir haben schon so viel für ihn gesammelt.« Bisen machte seinen Schäferrucksack auf und steckte die Steine hinein.

Die Herde wurde unruhig, der Schnee würde bald kommen. Bisen und Mänkir begaben sich zu den Flügeln der Herde. Wenig später begann es zu schneien. »Es ist viel zu früh, die Tiere in die Hürde zu treiben. Vorher sollen sie sich satt fressen. Es ist ja auch nicht windig«, überlegte Bisen.

Mänkir kam und rannte bellend wieder zurück. »Komm dorthin«, meldete er, »dort ist ...« Ein zweijähriges Schaf mit dem Kosenamen Schumaschdaj-ak hatte geworfen. Das nasse Tierkind lag da, zappelnd, und versuchte schon auf die Beine zu kommen, aber seine zarten Stäbchenbeine trugen es noch nicht. Bisen wischte ihm das Maul ab, löste vorsichtig die rauhreifüberzogenen Steine von dem nassen Körper und schob es behutsam in den Hirtensack. »Ich nenne dich Schneemäulchen, weil du mit dem ersten Schnee gekommen und außerdem so weiß bist ...«

Schon war die Erde von den lautlos schwebenden Schneeflocken bedeckt. Der Himmel schien besinnend innezuhalten und vor sich hin zu dösen. »Es ist so wunderschön, windstill und fast warm. Die Herde soll ruhig noch ein bißchen weiden ...«, entschied Bisen.

Auf einmal erhob sich der Nordwind, als hätte ein Ungeheuer den schlummernden Himmel angegriffen, und im Nu kam ein Schneesturm auf. Der Wind heulte, der Schnee peitschte, die Kälte biß, die Tiere blökten und meckerten. Himmel und Erde verwandelten sich in ein einziges weißes Brausen. Die Herde begann, vom Schneesturm getrieben, nach Süden vorzurücken. Bisen rannte den Tieren in den Weg und schrie: »Mänkir, nicht vorbeilassen! Nach Hause!« Doch der Sturm zerpeitschte ihm jede Silbe im Mund. Der alte Mänkir rannte bereits bellend vor den Tieren hin und her und versuchte vergebens, sie aufzuhalten.

Von den Schwarzen Bergen bis zum Sumunzentrum war es ein Halbtagesritt. Als oben der Schneesturm losbrach, war der Vater noch nicht am Ziel. Er konnte nicht zurück, so sehr ihn der plötzlich aufkommende Schneesturm auch beunruhigte. Heute trug ihn sein Falkengrauer nicht schnell genug, und als er endlich im Sumunzentrum ankam, war der Arzt gerade in entgegengesetzter Richtung zu einem Kranken aufgebrochen. Er ließ sein Handpferd zurück und ritt sofort nach Hause.

Der Schneesturm wurde unterdessen immer heftiger. Bisen steckte bis zum Knie im Schnee und watete, so schnell er konnte, vor der Herde, die beharrlich nach Süden rückte, hin und her. »Uaaak, huhu, uaaak, huhuuu!« Unweit von ihm kämpfte der alte Mänkir ebenfalls vergeblich.

Als der Schneesturm einsetzte, fieberte die Mutter. Anfangs glaubte sie, daß ihr alles schlimmer vorkäme, aber dann wurde ihr die Gefahr bewußt, und sie wollte aufstehen. Doch ihre Beine trugen sie nicht. Sie versuchte es wieder und wieder. Bald ließ sie erschöpft den Oberkörper zurückfallen und mühte sich, der Naturgewalt draußen ein menschliches Lebenszeichen abzulauschen.

Bisen spürte, wie seine Beine schwächer wurden. Aber er kämpfte, kämpfte weiter mit der unaufhaltsam vorrückenden Herde. Der Wind entriß ihm seine Mütze, mit der er die Tiere zurückzuscheuchen suchte. Die Herde hatte eine kleine Mulde erreicht. Erschrocken wurde ihm bewußt, daß bald das schutzlose nackte Talende kommen würde.

Er setzte den Hirtensack an einem großen Stein ab und zog seinen *Deel* aus, um damit die Tiere zu scheuchen. »Uaak!« Doch sobald er den Deel hochhob, riß ihn der Sturm aus seinen Kinderhänden. Jetzt fing er an, laut zu heulen. Der kalte nasse Wind fuhr ihm unter das bloße Hemd. Der Schneestaub drang in die erschrockenen Augen, in den Mund, taute an dem erhitzten kleinen Körper, und die Tropfen formten sich zu Eisnadeln, kaum daß sie den unteren Hemdsaum erreichten.

»Uaak, huuhu ... u ... a ...« Der erschöpfte Kinderfuß trat in ein Loch, der kleine Körper stolperte, Bisen schrie. Die Wucht der von der ungeheuren Gewalt getriebenen vielen hundert Tiere stürzte ihn um, trampelte ihn nieder, ebnete ihn ein in den kalten weißen Schnee. Der Schneesturm jagte und tobte.

Mänkir entdeckte plötzlich, daß Bisen nicht mehr da war. Er rannte zurück und spürte ihn auf. Er scharrte den verwehten Schnee auf und fand seinen kleinen Freund bewußtlos. Der Hund rannte heulend zur Jurte. Doch in der Jurte gab niemand ein Lebenszeichen. Dann eilte er durch den Schnee zurück zu Bisen, scharrte sich an ihn heran und legte sich über den bereits erstarrten Körper.

Der Vater kam erst nach Sonnenuntergang und fand die Mutter, allein und phantasierend. Nachdem er sich umsonst bemüht hatte, von ihr eine Antwort zu bekommen, deckte er sie zu und ritt wieder in das weiße Getöse hinaus. Kurz darauf kam die Mutter zu sich, und die Wehen setzten ein.

Um Mitternacht hörte es auf zu schneien. Der Wind legte sich, der Himmel stand wieder sternenklar, und die Nacht grinste milchhell.

Als der Morgen heraufzog, hatte der Vater den Rest der Herde gefunden. Verwehungen über den toten Tieren wiesen ihm die Spur, bis er unter einem Schneehügel den Hund und sein Kind fand.

Das Pferd stapfte durch ein Schneemeer, sein Reiter saß im Sattel wie erstarrt. Plötzlich blieb das Pferd stehen und seufzte schwer. Der Mann versuchte den gesenkten Kopf zu heben, und glaubte, durch den Wasserschleier seiner Augen etwas wahrzunehmen. Müde ließ er die Augen zufallen. Als er sie wieder aufschlug, erkannte er deutlich einen winzigen Hauch, der aus dem Schnee aufstieg. Mit dem Fuß gab er dem Pferd das Zeichen weiterzugehen, als wolle er es fragen: »Wozu jetzt?« Doch als er sich einige Schritte entfernt hatte, lenkte er sein Pferd zurück, kam auf das Häuflein zu und sprang herunter. Die zitternden Hände des Mannes stießen auf den Hirtensack. Das unschuldige zarte Leben meldete sich.

Die kleinen müden Augen des Mannes starrten auf die von Norden her völlig zugewehte Jurte. Er saß steif im Sattel, als hätte er vergessen abzusteigen, als sei er schon gestorben. Nur die feingeschnittenen Lippen zitterten unmerklich und ließen erkennen, daß noch Leben in ihm war.

Ein Kinderschrei ging in der Jurte auf, und es fuhr dem Manne wie ein Blitz durch die Glieder. Den Hirtensack ließ er von der Schulter heruntergleiten. Er erreichte den Schnee nicht, denn mit dem Trägergurt blieb er am Steigbügel hängen. Das junge Leben glitt heraus in den kalten Schnee. Einen Augenblick blieb es liegen, dann rappelte es sich auf, und ein helles Mähen schlug an die Morgenkälte. Es war, als ob das Tierkind dem Menschenkinde, mit dem es schon jetzt etwas Unauslöschliches verband, den ersten Gruß erwidere.

Die Sonne stand hoch am Himmel, als wolle sie nie wieder untergehen. Alles strahlte und flimmerte, selbst die Schatten. Nur einige vom Wind bloßgelegte Felsspitzen ragten aus dem Weiß heraus, schwarz und kalt wie Riesenrachen, die noch immer ungesättigt alles Lebende zu sich herbeigähnten.

Dort unten im Tal stand die Hirtenjurte, die sich vor wenigen Augenblicken kaum von ihrer Umgebung abhob. Nun blies sie aus ihrem winzigen Herd, an dem zwei schwache Stimmen miteinander wetteiferten, die gestern die Welt noch nicht kannte, einen Rauchfaden in den blauen, lügenblauen Himmel.

Jaskan

Mitten im Winter kam eines Tages eine kasachische Familie zu uns gewandert. Es hieß, dort, wo sie ihre Weide hatten, sei viel Schnee gefallen.

Den Vater kannten wir schon, er war öfter bei uns gewesen und hatte Geschirr aus Holz, Pfriemmatten, Hufeisen und ähnliches mitgebracht. Dafür hatten wir ihm Schafe gegeben, das damalige Zahlungsmittel für unsere Ausgaben.

Der Mann war unser Tamyr. So nannte man Kasachen, die mit Tuwinern Freundschaft knüpften. Unser Tamyr Togtalbaj war einer der alteingesessenen Kasachen und hatte einiges Vieh. Nun war er mit seiner Herde in Not geraten.

Vater erklärte uns, ein Tamyr gelte bei den Kasachen mehr als ein leiblicher Bruder. Das gefiel uns, und so nahmen wir die Ankömmlinge freudig auf. Es dauerte auch nicht lange, bis unsere beiden Familien eng zusammenrückten wie die zweier Brüder. Jeder hatte seinen eigenen Tamyr. Der meine war der jüngste Sohn Jaskan.

Jaskan war ein oder zwei Jahre älter als ich, war hochgewachsen und kräftig für sein Alter, war jedoch ein durch und durch friedlicher Junge. Nie machte er Gebrauch von seiner körperlichen Überlegenheit mir gegenüber, sooft wir auch miteinander spielten und kleinen Alltagspflichten gemeinsam nachgingen. So wurde er in unserer Jurte wie ein eigenes Kind behandelt, und ähnlich erging es mir in seiner Jurte.

Die *Bajbische* war, wie die meisten kasachischen Ehefrauen zu der damaligen Zeit, noch eine ihrem Mann untergeordnete Person, aber das hinderte sie nicht daran, mich, das fremde tuwinische Kind, immer wieder mit kleinen Geschenken zu bedenken. Bald war es ein Schälchen mit *Kurdak* aus Pferdefleisch, bald eine Handvoll *Kespel,* hin und wieder mit einem Stück Würfelzucker darauf, und einmal war es sogar ein buntes Tüchlein, wie es die feinen Leute in der Stadt benutzten. Es war mein erstes Taschentuch, und ich war mächtig stolz darauf. Auch der Tamyr war freigebig, mal schenkte er mir ein Gurtschloß, mal ein Messer, und immer waren es Sachen aus Eisen, denn er konnte, wie viele andere Kasachen zur damaligen Zeit, auch schmieden.

Das Wertvollste jedoch, was sie mir gaben, war ihre Sprache und der Einblick, den ich in ihr Leben bekam. Das alles konnte ich damals natürlich nicht wissen. Ich lernte Kasachisch leicht und gut, wie Kinder eben eine Sprache erlernen, und bald machte ich mich über das Kasachisch meiner Mutter lustig. Sie war erst spät in ihrem Leben mit dem Kasachischen in Berührung gekommen, und so klebte an ihrer Fremdsprache noch vieles von der Muttersprache. Vater dagegen sprach Kasachisch wie einer, der in der Sprache aufgewachsen war. Durch seinen reichen Vater, den häufig

Einwanderer aufsuchten, war er frühzeitig mit den Kasachen zusammengekommen.

Nun unterhielt er sich mit mir auf kasachisch, um meine Fremdsprachenkenntnisse zu prüfen. Mutter hörte uns dabei, wie mir schien, mit Neid zu. Gewöhnlich erntete ich nach einer solchen Konversation Lob. Um davon wohl noch mehr zu bekommen, begann ich einmal, wie ich damals glaubte, auf kasachisch und, wie ich später erfuhr, auf arabisch zu beten. Da unterbrach mich Vater barsch und verbot mir, die Worte künftig in den Mund zu nehmen. »Es gibt eben Dinge bei anderen Leuten, an die man lieber nicht herangeht!« belehrte er mich. Damals konnte ich den tieferen Sinn dieser Worte nicht begreifen.

Eines Tages erschien Besuch bei den Nachbarn. Der Tamyr und die Bajbische empfingen ihn mit großer Ehrfurcht. Es war ein älterer Mann, der mir schon auf den ersten Blick etwas seltsam vorkam, nur konnte ich mir nicht erklären, warum. Vielleicht waren es die Wörter, die er während des Grußwechsels sprach und die ich nicht verstehen konnte. Vielleicht aber waren es die seltsamen Bewegungen seiner Hände.

Beim Einschlafen hörte ich den Vater zur Mutter sagen: »Der scheint ein Molda zu sein.« Am Morgen hörte ich dann, daß ich nicht zu Tamyrs Jurte gehen solle. Aber auch Jaskan ließ sich nicht sehen. Ich wartete auf ihn in der Hürde so lange, bis mir der Geduldsfaden riß. Kurzentschlossen sprang ich hinüber. In der Tür kam mir die Bajbische entgegen und sagte, Jaskan hätte Husten und könne nicht aufstehen. Doch als ich gehen wollte, sagte sie, ich solle warten. Sie brachte mir eine Handvoll Kespel und ein Bonbon darauf. Es war eines der ersten Bonbons in meinem Leben.

Deshalb witterte ich wohl ein kleines Fest hinter der gesteppten Filztür und spürte neben der Freude über das Bonbon auch eine kleine Kränkung. Ich beschloß, die Schwelle so lange nicht zu betreten, bis ich darum gebeten würde.

An diesem Tag hörte ich Vater zu Mutter sagen: »Sicher ist der Kleine beschnitten worden!« Das erschreckte mich, und mit einemmal empfand ich Angst vor den Leuten, die ich mir bisher so nah geglaubt hatte wie Verwandte. Nur gut, daß mich die Bajbische nicht in die Jurte hereingelassen hatte, denn wer konnte wissen, was der schreckliche Mensch dann auch mit mir angestellt hätte!

Im Mittsommer wurden die Lämmer und Zicklein kastriert. Dieser Tag war mit einem Fest verbunden, und es war das erste der vielen Feste, die man feierte, solange es warm war, die Jurten nahe beieinander standen und es genug Milch und damit auch Aragy, den Milchschnaps, gab. Auf diesen Tag warteten alle, die Erwachsenen wegen des Aragy und wegen des Gesanges, die Kinder wegen der Hoden, die, mit Hirse oder Reis gekocht, gegessen wurden.

Allein das Kastrieren der Böckchen unter den Lämmern und den Zicklein war eine aufregende Sache. Auf einer Filzmatte knieten zwei Männer sich gegenüber, und die Kinder brachten die Böckchen eines nach dem anderen zu ihnen und legten es auf den Rükken zwischen die gespreizten Knie. Einer der Männer hielt ihm die Beine zusammen, der andere schlitzte ihm mit einem umwickelten Messer, von dem nur die scharfe Spitze herauslugte, den Hodensack auf und zog die Hoden heraus. Das Lamm zitterte, knirschte mit den Zähnen und verdrehte die Augen. Die Hoden wurden in einen Holzeimer geworfen.

Die Kinder, gewöhnlich waren es nur Jungen, sahen dem mit Lust, aber auch mit Entsetzen zu. Und dieses letztere nicht ohne Grund. Man hörte von den Erwachsenen, sie würden einen kastrieren, wenn man etwas Schlimmes angestellt hatte. Das jagte einem

Furcht ein! Das zitternde Lamm mit den knirschenden Zähnen, den verdrehten Augen und der Mann mit den blutverschmierten Händen verursachten Übelkeit.

Dazu kam noch die Sitte mit dem weißen Tuch, das dem Kastrierer heimlich unter den Gürtel gesteckt werden mußte. Würde man dabei bemerkt, so würde man zur Strafe selbst auch kastriert werden. In der Regel wurde der ungezogenste unter den *Ailjungen* dazu auserkoren, das weiße Tuch anzubringen. Die Kastrierer waren meist ehrwürdige Männer, doch gab es unter ihnen hin und wieder einen bösen Spaßvogel, der es bemerkte, wenn die zitternden Finger des Jungen seinen Gürtel berührten, der dann nach ihm zu greifen versuchte und brüllte: »Haltet ihn und bringt ihn her, ich will ihn auf der Stelle auch kastrieren!« Die Jungen, die erlebnishungrig waren, stürzten dem Flüchtenden nach, und eine wilde Jagd begann, die fast immer mit Tränen endete.

Und jetzt diese merkwürdige Geschichte mit Jaskan! Mit Schrecken sah ich die kasachische Jurte mit dem spitzen Dach vor mir und vernahm die harten Rachenlaute, die aus dieser herüberdrangen. Dabei empfand ich bitteres Mitleid mit meinem Tamyr, konnte jedoch nicht begreifen, warum er nicht zu uns herübergeflüchtet war, warum er nicht wenigstens geschrien und um Hilfe gerufen hatte.

Der schreckliche Mensch reiste bald ab. Doch Jaskan zeigte sich erst nach einer Weile, und ich fragte, was mit ihm gewesen wäre. Er sagte, er hätte Husten gehabt. Da ich ihn jedoch nicht hatte husten hören, wurde er verlegen und behauptete weiter, er sei tatsächlich stark erkältet gewesen, habe aber nur sehr leise gehustet.

Um diese Zeit kamen meine Geschwister aus der Schule, denn die Siebentageferien begannen. Munsuk, der Sohn unserer Tante Buja, kam mit. Ich erzählte ihm und dem Bruder Galkagan, was mit meinem Tamyr geschehen war. Vetter Munsuk war gleichaltrig mit Galkagan, im Unterschied zu jenem aber ein Schlaukopf. Sofort hatte er einen Einfall. Wenn wir am nächsten Tag mit der Lämmerherde in die Steppe gingen, sollte ich Jaskan unbedingt mitkommen lassen.

Da brauchte ich nicht viel zu reden, Jaskan wollte schon von selber dabeisein. Denn das Hüten der Lämmer war mehr Vergnügen als Arbeit. Hatten wir sie einmal draußen, konnten wir uns sogar schlafen legen, denn das junge Tiervolk, das das Grasen zu lernen hatte, war ängstlich und klebte an uns. Was sollte Jaskan also allein zu Hause, wenn alle Jungen vom Ail mit der Lämmerherde in die Steppe gingen, um dort einen lustigen Tag zu verbringen. So begleitete er uns.

Wir begannen herumzutollen und zu spielen. Vorher aber wählten wir uns einen Häuptling und schworen ihm Gehorsam. Nun nannte er jeweils den Namen eines Spiels. War eines davon für diesen oder jenen neu, dann gab er dazu die Regeln bekannt, die ich gut für Jaskan dolmetschen konnte.

Endlich hieß es Schneelöcher. Das war ein einfaches Spiel. Alle standen auf dem festen Schnee mit dem Gesicht zueinander in einem Kreis, und ein jeder pullerte ein Loch in den Schnee. Bedingung war, daß das Loch rund und tief war. Tropfenspuren daneben durfte es nicht geben. Und bei wem es doch tropfte oder wessen Loch nicht sauber rund war, von dem hieß es dann, er könne nicht einmal pullern, was für einen Jungen, der ohnehin größer sein wollte, als er war, eine schwere Blamage bedeutete. Daher kam wohl auch die herablassende Redewendung von Erwachsenen gegenüber uns Kindern: »Lerne erst einmal richtig pissen!«

Jaskan hatte sich auch in den Kreis gestellt. Als wir den *Tonsaum* zurückschlugen und die Hosen aufschnürten, um sofort zur Sache zu kommen, rührte er sich nicht. Auf die strenge Mahnung des Häuptlings sagte er errötend, er habe im Augenblick kein Bedürfnis, da er gerade vorhin gepullert hätte.

»Er lügt!« schrie der Häuptling wutentbrannt auf tuwinisch und fügte hinzu: »Dann werden wir es ihm eben zeigen!« Jaskan mußte verstanden haben, woher der Wind nun wehte, denn er drehte sich um und rannte in Richtung Ail. Der Häuptling stürzte ihm hinterher mit dem Ruf: »Mir nach!« Wir folgten ihm, oder besser, wir versuchten es, denn erst mußte die dicke lange Hose wieder zugeschnürt werden. Er war einer von denen, die feine Sachen trugen, zum Beispiel ein Gummiband an der Hose anstatt der Yaklederschnur wie wir. Er brauchte deshalb die Hose nur noch hochzuziehen, den Tonsaum fallenzulassen und konnte dem Ausreißer hinterherjagen. Die Verfolgung dauerte nicht allzu lange, denn Munsuk war um etliche Jahre älter als Jaskan und hatte längere Beine und mehr Kraft als jener. Aber der Kampf zog sich hin, viel länger jedenfalls, als man es für möglich gehalten hätte, weil Jaskan sich mit allem verteidigte, was ihm zur Verfügung stand, mit Händen, Füßen, Zähnen, Tränen und mit Geschrei. Wären wir dem Häuptling nicht zu Hilfe gekommen, er hätte sich wohl bis zum Schluß verteidigen können. Aber der Häuptling befahl, und wir mußten gehorchen. So wurde Jaskan schließlich doch überwältigt. Wir schnürten ihm die Hose auf und zerrten sie herunter. Dann suchten wir. Beide Hoden waren zu befühlen, das Würmchen war da. Aber seltsam war es doch, daß dieses letztere nicht wie bei uns dem Kopf zu spitzer und in Hautfalten versteckt war, nein, seines war angeschwollen, vorne bloß und nackt wie eine enthäutete Zwiebel, und um diese herum sah die Haut bläulich und an einer Stelle schorfig aus.

Das war beängstigend interessant, allein mir war schwer und schmerzlich zumute, gegen meinen Tamyr

Hand angelegt zu haben. Doch was half es, ich hatte dem Häuptling Gehorsam geschworen und mußte mich seinem Willen fügen.

Jaskan rief seinen Himmel herbei und verfluchte ihn dann, samt uns, samt der Steppe, in der er lag, er verfluchte die Berge, die ihn umgaben, und die Menschen, zu denen wir gehörten, die treulosen und schmutzigen Tuwiner. Er schlug mit dem Kopf auf die Erde, schlug mit den Fäusten und schrie und schrie, er war untröstlich.

Es kam zwischen uns zu keiner Versöhnung. Bald gingen unsere Jurten auseinander und kamen nicht wieder zusammen. Nur Jaskan und ich stießen einmal aufeinander. Doch das war gut dreißig Jahre später in der Welt draußen, die weder mir noch ihm gehörte. Wir erkannten einander auf den ersten Blick, aber wir konnten uns nichts sagen. In diesem Moment begriff ich, daß Dinge zwischen Menschen passieren können, die sich nicht wiedergutmachen lassen.

Shanna

Es war die Helligkeit, mit der der Schnee in das kleine Fenster in Lärchenwipfelhöhe hereinlugte, die ihn aufgeweckt hatte.

Er kam auf Zehenspitzen ans Fenster, als wolle er niemanden wecken, obwohl er die Dreimalfünfmeterfläche seelenallein bewohnte, wollte man den verfressenen gelben Schabenhaufen nicht mitrechnen.

Die Welt lag tief in Weiß gehüllt, die Nacht döste stumm und schimmerte. Schneeflocken glitten lautlos durch das Grau, und es herrschte träumerische Stille, die nur in solchen Schneenächten vorkommt. In seinem Innern begann er zu seufzen, unterdrückte es aber und ärgerte sich über sein Aufwachen, über den Schnee und über sich selbst.

Er wußte, daß er nicht wieder einschlafen konnte in dieser weißen Nacht, ging zum Tisch und schaltete die Lampe ein. Der Wecker rückte auf vier Uhr zu. »Träumen schafft keine Werte«, dachte der junge Wantschik, während er sich an den Tisch setzte, nach dem Stapel Zeitungsausrisse, Coctailansprachen und Komplimentbriefe, die auf ihre Übersetzung warteten, griff und zu arbeiten begann.

»Dem Schnee wird der Wind folgen«, sagte er sich, als er zeitig zur Arbeit aufbrach. Sein Vorgesetzter würde mit ihm zufrieden sein, denn heute Nacht hatte er mehr übersetzt als sonst.

Der Schnee war locker, knirschte und knisterte noch nicht unter seinen Füßen, und Wantschik kam es vor, als ob er wie in einem Kindheitstraum über den Wolken schwebe, den Unterleib in den Wolkenschaum eingehüllt, lautlos, leicht.

Er ging gemächlich und blickte, abgelöst vom Stadttrubel, der schon längst erwacht war, auf den stummen weißen Schnee. Diese Eintönigkeit stimmte ihn traurig: »Der Mensch lebt nur sieben Tage, sieben Tage voller Pflichten und voller Abschiede«, und in der Nasenspitze schmerzte es ihn. Er dachte an Shanna.

Am vorigen Dienstag hatte sein Vorgesetzter sie ihm vorgestellt mit den Worten: »Das ist die Frau eines Spezialisten, sie ist Fernstudentin und braucht Unterrichtung in deutscher Literatur.«

Der kleine straffe Körper, der slawische Akzent, die diesem entsprechende offene Haltung, die langen nußbraunen Locken, die klaren geraden Linien der Lippen und die vollen, wachen Kamelaugen kamen Wantschik bekannt vor, doch er konnte sich nicht entsinnen, wo er sie gesehen haben mochte.

Er redete mit ihr und merkte bald, daß sie zu dem Typ jener Menschen gehörte, die erst dann lebendig werden, wenn sie am Tage mindestens fünf Minuten von Herzen erzählen und zwanzigmal lachen konnten. Sie gefiel ihm, gleichzeitig bedrückte es ihn, denn wenn sie mit ihrer Zickleinstimme ins Lachen geriet, spürte er im Innern Schmerzen und dachte: »Irgendwie kommt mir diese Stimme bekannt vor!« Aber es blieb ihm rätselhaft, woher.

Nach der Unterrichtsstunde hatte er ihr einige Bücher gegeben. »Wenn Ihnen ein Buch besonders gut gefällt, so behalten Sie es ruhig«, sagte er. »Zur Erinnerung«, hatte er noch hinzufügen wollen, aber es wollte ihm nicht über die Lippen kommen. So schwieg er und senkte den Blick.

Sie war gegangen. Er merkte es erst, als die Tür offen blieb, und eilte ihr nach. Er hätte sich überwinden, sie verabschieden, ihr die Hand geben müssen. Aber er blieb stehen und fühlte in der Brust einen spitzen Stich, als er sie hinter der Tür stumm und klein dastehen sah, den straffen weißen Hals inmitten der langen nußbraunen Seidensträhnen, die ihre runden schmalen Schultern bedeckten. Sein Vorgesetzter kam den Gang entlang.

Wer dieser war, wußte auch Shanna, aber wie er war, das wußte allein Wantschik. Er hatte den Titel des Kandidaten der Wissenschaften und nur dünne Kenntnisse in einigen Fremdsprachen, denn die Lehrbücher waren damals dürftig. Manches Lehrbuch hatte er, wie er sagte, dreimal gelesen. Dennoch war er auch in der Sprache das, was die Hirten »Zickleinböckel« nennen. Die Zickleinböckel bringen nämlich im Herbst den Menschen um den Schlaf, weil sie zwar die ganze Nacht liebestoll schreien und hüpfen, dabei aber keine Zicklein zeugen.

Andererseits war er ein ausgezeichneter Herausgeber. Er hatte schon ein halbes Dutzend Lehr- und Wörterbücher zusammengestellt. »Die Pflicht vor der Heimat«, pflegte er zu sagen, »ist mehr, als nur zu unterrichten.« Damit verteilte er an die jungen Fremdsprachenlehrer allerlei Briefe, Telegrammtexte, Coctailansprachen, Zeitungsartikel und Gebrauchsanweisungen zur Übersetzung. Woher er sie hatte, wußten allein er und der liebe Gott. Soviel aber stand fest, sie ebneten seinen Weg nicht nur nach den vier Himmelsrichtungen, sondern auch nach oben. Es wurde berichtet, er versorge die ganze Stadt mit Übersetzungen.

Und er war ein goldechter und wasserdichter Materialist. Er verlangte greifbare Werte und trug interessante Zahlen im Kopf, die besagten, was eine Sekunde wert sei. »Die Menschheit wird nicht nur das Eis des Nordpols schmelzen und die Erde mit den fernen Sternen verbinden, sie wird auch Lehr- und Wörterbücher verschiedener Tiersprachen schaffen. Aber Zeit, auch nur eine einzige Sekunde zu schaffen, dazu wird sie niemals imstande sein«, sagte er.

Shanna brach das bedrückende Schweigen. Sie sprach in unbekümmertem Umgangston: »Sie hätten Ihre Zeit sicher besser verwenden können, ich bin Ihnen großen Dank schuldig.«

»Du kannst mich mit innigem und allerschönstem Dank überladen, wirst mich aber bereits heute nachmittag vergessen haben«, dachte Wantschik. Er sagte keine Silbe. Obwohl sie in diesem Augenblick der Vorgesetzte erreicht hatte und es sich geziemt hätte, zur Seite zu treten, dem Vorgesetzten den Weg freizugeben und ihm mitzuteilen, daß er gleich kommen würde, rührte er sich nicht. Er fühlte sich gekränkt, denn er hatte seine zwei Stunden nicht versessen, um Dankesklischees zu ernten. Auch die Bücher hatte er ihr nicht aus diesem Grund gegeben.

Der Vorgesetzte drängte sich zwischen beiden hindurch ins Zimmer. Wantschik fragte leise: »Haben Sie Wolfgang Borchert gelesen?« Sie schüttelte den Kopf. Eilig trat er ins Zimmer und kam mit einem kleinen weißen Buch zurück.

Er gab es Shanna und sagte: »Man braucht nicht immer einen von Mensch und Schicksal geliebten Gott, manchmal, öfter vielleicht, ist einem ein von Mensch und Schicksal verlassener Bruder lieber.« Sie hielt das Buch einige Augenblicke unschlüssig in der Hand, drehte sich um und eilte hastig die Treppe hinunter. Als sie zurückschaute, glaubte er in ihren Augen winzige Tränen zu sehen.

Wantschik blieb am Straßenrand stehen und blickte auf die schon dunkel gefahrenen Straßen, die erstarrten Totenadern glichen. Schräg gegenüber stand das Haus, in dem er arbeitete. Es galt, das Traumgewand abzulegen. Wantschik klopfte den Schneestaub von seinem Mantel, als wolle er die produktionshemmenden Gedanken von sich abschütteln. Dann ging er schnell über die Straße und verschwand hinter dem großen Tor.

Heute war wieder ein Dienstag, und Shanna kam auf die Minute genau um dreizehn Uhr. Sie setzte sich, ohne aufgefordert zu werden, und legte leicht aufgeregt den neuen Fragebogen auf den Tisch. Unvermittelt sagte sie: »Ich habe sehr auf diesen Dienstag gewartet.« Wantschik warf einen Seitenblick auf seine Kollegen, obwohl niemand unter ihnen Ohren für die Sprache besaß, in der Shanna mit ihm sprach. Als er das letzte Wort auf dem Fragebogen erklärt hatte, gab sie ihm einen Zettel, den sie schon in der Hand bereithielt: »Könnten Sie mit mir für die übrige Zeit in ein Museum gehen?« Wantschik blickte wieder auf seine Kollegen. Eben war die Pause zu Ende gegangen, und sie hatten sich mit ihren gefüllten Taschen und neugierigen Augen zurückgezogen. Nur zwei ältere Lehrer, gewiß zu alt für Neugier solcher Art, saßen hinter den Schreibmaschinen und tippten ihre Texte, die sie im Unterricht benutzten.

»Welches Museum wollen Sie besichtigen?« fragte Wantschik Shanna, als sie bereits auf der Straße waren. »Irgendeines«, sagte sie ohne Betonung und nach einer Weile: »In Ihrem Zimmer ist, so sagt man doch auf deutsch, dicke Luft.« Wantschik dachte: »Tabakrauch und Schreibmaschinenkrach, Büroleben und Pflichteifer.« Aber er sagte nichts.

Sie kamen an eine Straßenkreuzung. »Links, rechts, geradeaus?« fragte er. »Ich weiß es doch nicht! Ich kenne doch Ihre Stadt gar nicht!« rief sie halb belustigt und halb begeistert aus. Und sie lachte mit ihrer nahen, hellen Stimme. Wantschik schwieg und beschleunigte seinen Schritt. Zum Zentralmuseum ging man geradeaus.

»Wir sind nun da«, sagte Wantschik, ohne Shanna anzusehen. »Ach, gehen wir noch etwas spazieren, bitte«, erwiderte sie. Sie gingen die Straße weiter.

Der Schnee war bereits hart und zertreten. Er knirschte trotz des Stadtlärms gut hörbar unter den Füßen. Sie gingen vorbei am Kinderkrankenhaus, dem Handwerkergeschäft, an einigen Gebäck- und Bücherkiosken, am großen Lebensmittelgeschäft. Dem Feuerwehrhaus schloß sich das Kindergartenhaus an, das nun schon kein großes Haus mehr war, und bald erreichten sie die kleinen Lehmhütten, in denen nur Chinesen mit ihren Familien und Verwandten wohnten. Hier war der Altstadtrand.

Vor ihnen fuhr der kleine Mischlingsjunge, den Wantschik und die halbe Stadt kannten. Auf seinem, von einem Schimmel gezogenen Fuhrwerk war ein dickes rundes Faß befestigt, oben mit einer tellergroßen Öffnung und unten mit einem klafterlangen Schlauch. Auch das Pferd war ein Mischling. Das halbe Blut hatte es von der eurasischen Pferderasse Charabajir, deren buchgültige Bezeichnung Wantschik nicht kannte. Es war um ein ganzes Schulterblatt höher als das Steppenpony, schmal und gestreckt in der Gestalt, klug und gehorsam. Oft sah man das Tier allein gehen. Sein Herr, der kleine Mischlingsjunge, langweilte sich dann wohl, saß bei einem anderen Fuhrmann auf und unterhielt sich mit ihm in der Art eines Erwachsenen. In erheblicher Entfernung vor ihm schritt der Schimmel und wartete an den Straßenkreuzungen, bis der Pfiff weiterzugehen von hinten kam.

Der kleine Mischlingsjunge sang gern. Er hatte eine helle zarte Stimme, und seine Lieder waren, da er meistens ohne Text sang, keiner bestimmten Sprache zuzuordnen.

Sie kamen an das Brunnenhäuschen, dessen Straßenseite vereist war. Die Faßöffnung hielt unter dem großen heruntergähnenden Hahnmaul. Der kleine Mischlingsjunge sprang vom Fuhrwerk, schneuzte sich ins Freie, indem er zuerst mit dem linken Zeigefinger sein linkes Nasenloch zudrückte und die Luft durch das andere herauspustete und dann den ganzen Trick rechts wiederholte, was insgesamt nur zwei Sekunden benötigte. Als er dann etwas Unverständliches, wohl auf Chinesisch, rief, fiel in kräftigen hellen Strähnen Wasser aus dem Hahn.

»Oh, habe ich Ihnen wehgetan?« murmelte Wantschik verlegen. »Nein«, erwiderte sie einsilbig. Shanna war gerutscht, er hatte sie festgehalten und dabei ihre Brust berührt. Sie war klein und fest.

Die Lehmhütten, die alten krummen Männer in wattierten Hosen, die Mischlingskinder mit den kohlschwarzen Mähnen, die vor Schwärze bläulich schimmerten, die alten dürren Frauen, die auf ihren kleinen Spitzbeinen unsicher davontrippelten, das Brunnenhäuschen, der kleine Mischlingsjunge mit dem schönen großen Schimmel und der zarten hellen Stimme blieben zurück. Nur der Stadtlärm ließ sich nicht so leicht abschütteln.

Der Schnee war auch hier bereits hart, aber er lag noch unberührt und weiß da. Den steilen Abhang waren sie hinabgeklettert, und die ersten seichten Mulden, die die stumme weiße Steppe vom Lärm und

Getöse der Stadt abschirmten, lagen schon hinter ihnen. Sie waren stehen geblieben und blickten mit zusammengekniffenen Augen auf die Stadt zurück. Der kleine Mischlingsjunge fuhr gerade die Straße entlang, die, einem Bogen gleich, das Lehmhüttenviertel von der neuen hohen Stadt trennte.

»Trotzdem kann man sehr glücklich sein«, sagte Wantschik mit sehnsüchtigem Blick auf den kleinen Mischlingsjungen. »Wie meinen Sie das?« fragte Shanna ungeduldig. »Man kann nur Wasser fahren und Wasser verkaufen«, erwiderte Wantschik traurig, »und trotzdem kann man sehr glücklich sein.« Shanna hielt ihn am Ärmel fest, als ob sie Angst hätte, er würde ihr weglaufen, und ihre Augen waren nun dunkler und spitzer geworden. »Sind Sie sehr unglücklich?« Wantschik griff nach ihrer Hand, anstatt ihr zu antworten.

»Ich habe Ihre Bücher gelesen«, sagte Shanna, »den Borchert gleich in der ersten Nacht. Ich hätte heulen können darüber, daß er so krank und unglücklich war, und auch darüber, daß es noch Menschen gibt, die ihn nicht kennen, darunter ich.« Wantschik sah ihr fragend in die Augen. »Und warum haben Sie nicht geheult?« »Mein Mann«, fuhr sie fort, »war dabei. Er machte schon Bemerkungen über meinen plötzlichen Lesefleiß. Einmal fragte er, als er aufwachte und mich noch lesen sah: ›Wie alt ist denn dein Professor?‹ ›An die Fünfzig‹, log ich, und Sie taten mir leid. Ich bin unglücklich, daß ich einen Offizier geheiratet habe. Man kann sich mit ihm nur über den Einkauf, über die Wäsche, die schlechte Disziplin der Soldaten, über einen tropfenden Wasserhahn und bestenfalls über eine Parteiversammlung und über einen Fußballwettkampf unterhalten. Beethoven ist für ihn ein alter tauber Mann, der hartnäckig versucht hat, sich unbedingt durch Musizieren zu ernähren, Lermontow ein streitsüchtiger Unteroffizier, der gehässige Verse machte und deshalb totgeschossen wurde. Borchert kennt er nicht, aber selbst wenn er ihn kennen würde, würde er mit einem spöttischen Lächeln auf den Lippen sagen: ›Ein gescheiter todkranker Mann, der aus Verzweiflung Klagegeschichten hinausschrie.‹« »Sie sind es auch«, flüsterte Wantschik kaum hörbar. Er sagte es, weil Shanna nicht weiterredete.

Sie gingen weiter, ihre Hände hatten sich nicht gelöst. Die Landschaft ging allmählich in ein seichtes Tal über. Der Schnee wurde tiefer und stummer. Die dünne weiße Novembersonne gab ihr Bestes, selbstlos schien sie sich anzustrengen. Der Horizont hob sich kaum von den Wolken am blassen Novemberhimmel ab. Für diejenigen, die die zweite Hälfte ihres Lebens über Büchern versessen hatten, wäre ohnehin nicht zu sehen gewesen, wo der Horizont verlief.

»Woran denken Sie?« fragte sie plötzlich. »An die weiten Höhen, die nie aufhören«, sagte Wantschik verträumt. »An eine neue Welt, neues Leben ... neu, doch bekannt ... in Wolken, auf wolkenfangenden Felsen ... in gürtelhohen Gräsern, im Herdenstaub, im Schwertlilienduft ... unter Lärchen, riesigen Lärchen, Weidenzweigen, rauhreifüberzogen, unterm Rausch der Flüsse, die Lärchen und Klippen reißen ... unter Menschen, vor denen man keine Angst zu haben braucht ... zu Hause.«

Indessen gingen sie immer weiter, ihre Hände hatten sich nicht gelöst. Sie gingen versunken, als ob der eine von ihnen nichts erzählte und der andere nichts hörte. Doch er erzählte von seinem Zuhause, zu dem er eilte, und sie hörte ihm zu und sah es vor sich, weil sie es auch einmal besessen hatte.

»Und woran denken Sie?« fragte er dann. »An Sie und an das, was Sie erzählen. Seit Dienstag habe ich daran gedacht. Borchert habe ich immer wieder gelesen, vor allem die Stellen, die Sie angestrichen oder mit Zeichen versehen haben, immer und immer wieder. Wissen Sie noch, was Sie auf die Seite dreiundsiebzig an den Rand geschrieben haben? ›Jeder Tag dieses Jahrhunderts ist von Ereignissen ruhelos wie ein Hurenbett und voll wie eine Diebestasche. Doch für ein suchendes und fühlendes Herz hat er genausowenig anzubieten wie eben Hurenbetten und Diebestaschen. Welches Gefühl, daß ich dich habe, Bruder!‹ Gleich in der ersten Nacht, als ich dies las, habe ich gedacht, daß ich mit Ihnen reden muß. Ich habe sehr auf diesen Tag gewartet.«

»Gut, Shanna, gut, daß du gekommen bist«, sagte Wantschik verträumt. »Nun werden wir nicht wieder auseinandergehen, und keiner wird sich wieder unglücklich fühlen.« Shanna fiel ihm ins Wort. Erschrokken und eindringlich flüsterte sie: »Aber ich muß doch wieder nach Hause, ich bin doch verheiratet.«

Wantschik ließ ihre Hand los, blieb stehen und musterte sie mit zornigem Blick, als hätte es das rauch- und lärmerfüllte Zimmer, die lange Geschäftsstraße, das niedrige Lehmhüttenviertel, den kleinen Mischlingsjungen mit dem schönen großen Schimmel, den steilen Abhang, die seichten Mulden, den Schnee, den weißen, unzertretenen Schnee, in dem sie ihre Spuren hinterließen, als hätte es diesen Dienstagnachmittag nicht gegeben.

»Verheiratet?!« pustete er verächtlich heraus, indem er zwei Schritte zurücktrat. »Ist es ein abgeschlossenes Geschäft? Oder ein unterzeichnetes Gesetz? Geschäfte sind immer schmutzig und Gesetze ungerecht! Warum heiratet man? Aus Langeweile, als ob diese Muß-Welt von Pflichten nicht überladen wäre? Aus Sexualfieber, als ob die Noch-und-Noch-Huren ihren Hurenböcken nicht ausreichten? Eher wohl aus dem Wunsch, nicht wie eine Giraffe einsam und kalt durch Tage und Nächte und Nächte und Tage zu irren! Aber ist damit bereits das Recht des Menschen auf ein größeres Glück abgeschnürt?!«

Shanna stand steinsteif und sah ihm erschrocken zu. Wantschik quälte sich wie ein Tier in der Falle. Wie ein Wolf, der versucht, das dicke breite Stahlband zu zerbeißen. Wie ein Wolf, erbittert und mächtig. Doch es gibt keinen Wolf, der das Fallenband zerbeißt. Er zerbeißt sich lediglich die Zähne zu Krümeln, und der Jäger kommt.

»Mann und Frau heiraten, weil für ihn diese Frau die passendste und für sie dieser Mann der passendste ist. Das ist schon der Idealfall. Aber kennt er alle Frauen dieser Welt, die für ihn in Frage kämen? Ein Zehntel, ein Hundertstel, ein Tausendstel, ja ein Millionstel dieser Frauen? Und sie die Männer? Nein!

Am nächsten Morgen oder zehn Jahre nach der Hochzeit begegnet er einer der Hunderttausenden, der Millionen, die ihm bis jetzt unbekannt waren. Gleich weiß er, daß ihn diese Frau doppelt, zehnmal, hundertmal so glücklich machen wird wie die, mit der er Hochzeit gefeiert hat. Und auch die Frau kann einem besseren, viel besseren Mann begegnen.«

»Schrecklicher, wilder Wolf«, dachte Shanna, »wilder als alle Wölfe, die man je gesehen. Aber es gibt keinen Wolf, der das Fallenband zerbeißt.«

»Was nun? Was tun? Nichts Besseres wissen als den Zufall, daß eine Hochzeit gefeiert worden ist, zu verfluchen? Das Leben, das einmalig und so kurz ist, mit einem Menschen verbringen, der nur dazu da ist, um einen an die vielen anderen zu erinnern? Oder nach einem schmerzlosen Selbstmord suchen?«

»Armer, schrecklicher Wolf«, dachte Shanna, »du quälst dich nur ab.« Sie wollte ihm helfen. »Man soll versuchen zu vergessen. Und man muß leben.«

»Leben? Wofür?!« schrie der Wolf. »Um recht alt zu werden, damit man den Würmern nicht so gut schmeckt? Ja, damit man wenigstens den Würmern nicht diesen Gefallen tut?!«

»Man muß leben für seine Pflichten.« »Pf-lich-ten?!« zischte der Wolf mit brechender Stimme. Dabei zog er sich zusammen, als wolle er auf dieses Biest gleich losspringen und ihm, diesem Elendsbiest, den Hals durchbeißen.

»Pf-lich-ten?!« wiederholte er dann, »warum wird man auf die Welt gesetzt? Um nach einem kurzen Kindheitstraum mit einer unbestimmten Erwartung die Lehrerstockspitze zu verfolgen, vielhundertmal sieben Tage mit Drohungen und Versprechungen, bis einem das Barthaar das Gesicht bedeckt, um dann wieder vieltausendmal sieben Tage mit eckigen und zackigen Pflichten zu fristen?!«

»Dummer, borstiger Wolf«, dachte Shanna, »du tollst und tobst dich kaputt.« Sie wollte ihn retten. »Du schimpfst auf Lernen und Arbeiten, Wantschik!«

Der Wolf hielt inne, er wollte aber nicht zurück, er konnte es nicht. Er wollte Anlauf zu neuen Kräften nehmen und fuhr dann fort: »Lernen und arbeiten? Ja! Man muß es sogar! Aber es darf für den, der es macht, kein kugelrunder und eisglatter Stein sein, den er jeden Tag in eine bestimmte Richtung, um eine bestimmte Strecke fortwälzen muß, und um ihn fortzuwälzen, ißt, trinkt, schläft, lebt er! Der Stein muß Falten und Ritzen haben, aus denen auf den Schoß desjenigen, der ihn bewegt, Brot, Wasser, Lächeln, Leben tropft. Sobald einer lernt, nur um zu lernen, hört er auf ein Mensch zu sein, aus ihm wird eine Bücherkiste. Sobald einer arbeitet, nur um zu arbeiten, hört auch er auf, ein Mensch zu sein, aus ihm wird ein Schleppochse. Dann werden Lernen und Arbeiten zu nackten Pflichten. Wer nur Pflichten nachgeht, vergißt und verleugnet sich und seine Natur. Er muß nicht lieben, muß nicht dasein. Wer aber leben, wer dasein will, braucht die Liebe, und zwar die Liebe, die ihn am meisten beglückt. Liebe ist ein Recht. Wer darauf verzichtet, verzichtet auf Leben. Er wird seeleneinsam, einsam wie der Mond, wie ein Stern hinter allen Unendlichkeiten, wie ein Meteorstein auf dem Meeresgrund.«

»Schrecklicher einsamer Wolf«, dachte Shanna. Sie ging auf ihn zu und drückte ihr Gesicht sanft an seine Brust.

Der Schnee, der seelenweiße Schnee blinzelte ihnen aus tausend kleinen Augen zu. Die Sonne, obwohl dünn und bleich, im Abgang begriffen, schien angestrengt. Der Wind, der läufige weiße Steppenwind, hatte hergefunden und wusch mit dem Nußbraun ihres Haares sein Gesicht.

»Shanna, meine wunderbare Shanna.« Er streichelte ihren Kopf, ihr Haar, ihre Schultern und küßte sie. Er küßte das nußbraune Haar, das den herben Duft der Ganga-, und Dshoiganwurzeln hatte, die Stirn, die Augen, die geschlossen waren und an deren Wimpern kleine helle Tränen hingen. Er küßte ihre Backe und ihren Hals und wollte sie auf den Mund küssen, aber sie vergrub ihr Gesicht in seinen Brustlatz und flüsterte atemlos: »Bitte, nicht, bitte nicht jetzt, bitte nicht so, wir haben doch Zeit, bitte ...« Er ließ es. »Komm, laß uns weitergehen, kleine Shanna.«

Sie hob den Kopf und sah ihn mit trunkenem nassem Blick an, umhalste ihn und flüsterte wie für sich, wie ein Gebet oder ein Schwur: »Ach, nichts und niemand wird meinen Wantschik dieser Brust rauben.« Dann ließ sie ihn los und gab ihm ihre Hand.

In diesem Augenblick ging ein greller Schrei durch die Steppe. Er fuhr über die weiche weiße Landschaft und hallte lange wider, spitz und schneidig, als müsse er die Welt bis in all ihre Ecken und Enden wecken. Bald darauf stiegen hinter dem sanften Hügel vor ihnen dichte schwarze Rauchschwaden über das

Steppenweiß wie Riesenfäuste gegen das bleiche Himmelsgesicht, und Augenblicke darauf schoß aus dem leeren Weiß die große schwarze Lokomotive paffend und ächzend heraus, wie ein Märchenheld, der alles auf seinem Weg zertrümmert. Und wie die Krieger, die dem Helden nachreiten, eilten die vielen Güterwagen der Lokomotive hinterher.

»Wir wollen gehen«, dachte er, aber er sagte: »Der Zug fährt in die Stadt.« »Ja, der Zug fährt in die Stadt«, sagte sie ihm nach, aber sie dachte: »Schrecklicher wilder Wolf, auch wir müssen dorthin zurück, du und ich.«

»Warum sagst du mir nur nach und nichts anderes?« flüsterte er nun flehend, gequält, erschrocken, packte sie an den Schultern und schüttelte sie.

»Der Zug ist in die Stadt gefahren, auch der Zug, der aus Stahl und Holz ist, der nichts fürchtet. Alle müssen zurück, du wie ich, vor allem aber ich. Und weiterfahren. Mit dem Bus. Um fünf Uhr. Und um sieben Uhr zu Hause sein!« schrie sie in einem Atemzug, ohne ihn anzusehen. Dann vergrub sie wieder ihr Gesicht in seinem Brustlatz und weinte.

»Der Wind«, dachte er, »wird stärker. Den Schnee wird er aufwirbeln und unsere Spuren verwehen, als sei hier an diesem Tage nichts geschehen. Aber die Spuren zurück in die Stadt, die wird er wenigstens auch löschen.«

Dann drückte er ihren Kopf an seine Brust. »Komm, Shanna, laß uns gehen.« Es knirschte dumpf, und sie wußte nicht, ob es der Schnee oder seine Zähne waren. Aber sie dachte: »Es gibt keinen Wolf, der das Fallenband zerbeißt. Er zerbeißt sich lediglich die Zähne zu Krümeln.« Der Wind fuhr die weiße Steppe immer derber an. Immer höher und weiter tanzte der feine Schneestaub gen Osten. Im Osten, da lag auch die Stadt.

Sie gingen dorthin, wo die Stadt lag, wo jeder abends seine Kartoffeln für sich schälte und morgens seinen Teeziegel für sich klopfte, und zwischen Abend und Morgen, Morgen und Abend seinen Schatten und sein Schicksal für sich hatte, sie gingen dorthin, wo sie sich trennen würden. Sie gingen Hand in Hand, aber sie gingen langsam und mutlos wie Menschen, die in den Tod gehen.

Inmitten des traurigen eintönigen Knirschens unter den Füßen und des heulenden Windes blieb Shanna plötzlich stehen. »Du«, sagte sie, ihn an der Mantelborte mit beiden Händen fassend, »ich hab's.« »Was denn?« fragte er müde. »Ich mache Ordnung zu Hause und dann komme ich zu dir.« »Wie?« fragte er erschrocken. »Du weißt doch, daß du mich wie keine andere liebst. Mich, so wie ich bin.«

Ihr Gesicht glühte, Augen und Wangen wurden naß. Feiner weicher Schneestaub ließ sich von den Tränen fangen und taute.

Sie hüpften die hauchfeuchten Straßen entlang, die hingeworfen dalagen, wellig und glänzend, wie dunkelblaue Seidenstreifen mit weißem Mullschimmer darüber. Sie hüpften leicht wie Schneestaub, der aus der weiten Steppe herantanzte, Hand in Hand durch das Gewirr der Häuser. Eines wie das andere blickte grau und schien doch erträglich und liebenswert, weil der Weg sie gerade durch diese Straßen führte und weil vielleicht alle Häuser und Menschen doch etwas Großes und Träumerisches, etwas Festes, das ihnen niemand wegnehmen konnte, an sich hatten.

An einer Straßenecke saß ein etwa zweijähriger Junge mit verschmiertem Gesicht und weinte. Shanna beugte sich über ihn, streichelte und liebkoste ihn. »Auch ein kleiner dummer Edik.« Als sie weitergingen, fragte er: »Wer ist Edik?« »Mein Junge.« »Wo ist er jetzt?« »Bei seinem Vater.« »Liebt er ihn?« »Natürlich.«

Sie hüpften dann nicht mehr so schneeleicht, sie gingen überlegt und langsam, aber traurig waren sie nicht. Der Bus stand schon abfahrbereit an der Haltestelle. Für Shanna war alles entschieden. Für Wantschik eigentlich auch. Er würde längst auf sie warten, wenn sie zu Hause ankam. Wantschik hatte sein Gleichgewicht wiedergewonnen. Er würde jetzt wieder leben, arbeiten, ja, seinen Pflichten nachgehen können, nicht dem kleinen Alltäglichen, mit dem die braven Spießer ihre Tage verbringen, sondern dem Großen. Er hatte immer gefühlt, daß es ihm an Talent nicht mangelte, es kam bei ihm nur auf den Mut an, Mut, zu schaffen und zu leben.

»Es ist schön zu wissen, irgendwo auf der Welt ist eine Menschenseele, die dein Schicksal berührt«, sagte er, ihre kleine kühle Hand in der seinen. »Ich werde ganz bestimmt wiederkommen, Wantschik«, erwiderte sie, die Hand am Türgriff, »spätestens an unserem Dienstag.«

Der Bus fuhr ab. Hinter der rauhreifblinden Glasscheibe winkte sie. Wantschik winkte nicht zurück. Er hielt sie an der Hand, umarmte, küßte und behielt sie für eine Ewigkeit.

Ildeng

Im Spätherbst vierundfünfzig, dem Jahr des Blauen Pferdes, brannte die letzte Spitzhütte im Hochaltai nieder. Die Hütte gehörte Ildeng, einer noch jungen Frau mit roten Backen und runden schwarzen Augen. Es hieß, sie sei auf dem Wege zu einer Schamanin allein gelassen worden, was bedeutete, daß sich niemand gefunden hatte, der sie in die Schamanenkünste einführte. So war bei ihr jene geistige Störung geblieben, von der alle befallen sind, ehe aus ihnen Schamanen werden, die aber von selbst ausheilt, wenn sie ihre Kunst beherrschen und mit den Geistern und wohl auch mit sich selbst umzugehen wissen. Dazu braucht man Unterweisung. Fast alle Schamanen aber waren entweder bereits verhaftet und abgeurteilt oder so eingeschüchtert, daß niemand es wagte, einer künftigen Berufskollegin den Weg in die Welt der Geister zu zeigen.

Die Hütte stand abseits und einsam am Fluß und bestand aus einem Dutzend etwa anderthalb Klafter langer Weidenruten, deren obere Enden zusammengeschnürt und die unteren ausgespreizt waren. Allerlei Lumpen bedeckten das Gerüst. Alles an ihr war schwarz, was vom Rauch des offenen Feuers kam, das in der Mitte der Hütte zwischen drei runden, kopfgroßen Steinen brannte. Selbst die Bewohner waren rauchgeschwärzt.

Ildeng lebte nicht allein, sie hatte Kinder, drei Mädchen, die russischen Matrjoschkafigürchen ähnelten, und man wurde an eine Stute erinnert, der die Fohlen dreier Jahre hintereinander folgten, wenn man Ildeng mit ihren Kindern sah. Es hieß, sie hätte sie von mongolischen Grenzsoldaten und von kasachischen Lastwagenfahrern.

Die Älteste von ihnen dürfte so alt gewesen sein wie ich, denn sie war in unserer Klasse, war also in die Schule gekommen. Sie hieß Piener, ein Name, den die tuwinische Zunge aus dem revolutionären Modewort Pionier gemacht hatte. Sie war vom Scheitel bis zur Stiefelsohle schwarz und roch wie ein soeben aus dem Rauchfang herausgeholter Gögeer, der Sauermilchsack aus Yakhaut. Während ein Gögeer etwas Vornehmes darstellte und eher zur oberen Hälfte in der Jurte als zur unteren gehörte, saß das Mädchen auf der letzten Bank einsam in der Ecke zur Türseite und wurde von allen gemieden.

Denn nicht nur der Rauch war es, der sie den anderen unnahbar machte, es waren auch die Läuse. Nicht etwa, daß wir anderen von den zwar lästigen, aber nicht gefährlichen Tierchen weit entfernt gelebt hätten, ach nein, was bei uns jedoch nur vereinzelt vorkam, sagen wir, wie Wölfe oder Füchse, wimmelte bei ihr wie die Murmeltiere, oder noch besser wie Zieselmäuse an stillen Sommermorgen in der Altaisteppe. Wir sahen sie häufig in kleinen Herden über ihren Kragen hin und her kriechen, sagten ihr deshalb, sie solle ihre Kleider über Nacht draußen aushängen und am nächsten Morgen, bevor sie sich anzog, ausklopfen. Die halberfrorenen Läuse mit aufgedunsenem Bauch fielen dann bei leichtester Erschütterung wie reife Beeren herab.

Piener äußerte sich dazu nicht und tat wohl auch nichts, denn schon am nächsten Morgen sah man wieder Läuse, die frei spazierten und sich nun über uns lustig zu machen schienen. Damals konnte ich mir nicht erklären, weshalb sie unserem Ratschlag nicht folgte. Heute aber weiß ich den Grund. Sie konnte sich nicht ausziehen, wenn sie dabei nicht selbst erfrieren wollte. Und was ich mir damals genausowenig erklären konnte, war die Farbe der Läuse. Sie waren hell, fast weiß, heller jedenfalls als die, die ich bei mir hin und wieder erwischte. Ja, ich nahm an, auch die Läuse müßten rauchgeschwärzt sein, da ich sogar die Farbe ihrer Augen mit dem Rauch in Verbindung brachte.

Ildeng und ihre drei Kinder lebten von dem, was die Leute ihnen gaben. Auch ich brachte von meiner Mutter einmal getrockneten Quark und weiße und gelbe Butter zu ihr. Sie nahm die Gabe beidhändig entgegen und lachte verlegen: »Ich weiß nicht, wessen Sohn du bist, denn ich bin doch ein im Kopf kranker Mensch und kann die Kinder ringsum nicht voneinander unterscheiden!«

Ich nannte meinen Vater, worauf sie ausrief: »Ja, natürlich! Bruder Schynykbaj kenne ich doch. Sein Vater war reich, gab vielen armen Menschen etwas ab. Aber die Macht der armen Leute hat ihn umgebracht. Und deine Mutter, Schwester Gükül, ist auch nicht von armen Eltern.«

»Meine Mutter heißt aber nicht Gükül!« sagte ich. Ildeng wurde stutzig und murmelte vor sich hin: »So? Dann verwechsle ich sie wohl mit einer anderen. Ich sagte dir ja, ich bin krank im Kopf.«

Da gab ich ihr in Gedanken recht und wollte gehen, denn das mit der Macht der armen Leute und dem Ende vom Großvater hielt ich wieder für eine Verwechslung, denn es hieß, er sei gestorben, nicht aber umgebracht oder hingerichtet worden. Später jedoch erfuhr ich, daß Großvater zwar in seiner Jurte gestorben war, aber die Volksmacht war drauf und dran gewesen, den Kulaken zu verhaften, als dieser, ein geistig und körperlich gut trainierter Mensch, dem gewaltsamen Tod vorauseilte.

Auch hinter dem Mutternamen, der für mich nicht stimmte, mußte etwas stecken. Denn als ich den Eltern erzählte, was Ildeng gesagt hatte, blickten sie einander bedeutungsvoll an, verrieten mir aber nicht, was es damit auf sich hatte.

Ildeng entließ mich noch nicht, sie sagte, sie würde mich, da ich ein gutes Kind sei, das ihr eine Freude gemacht hätte, gerne bewirten, allein sie überlege, ob sie mir etwas geben dürfe. Ich wußte nichts darauf zu erwidern, blieb jedoch. Da begann sie in einem rußgeschwärzten Beutel zu suchen, holte schließlich eine große Scheibe getrockneten Yakkäse hervor, brach sie in der Mitte auseinander und streckte mir die eine Hälfte entgegen. Ich nahm sie und begann sogleich daran zu knabbern. Es schmeckte nach Rauch, es schmeckte herrlich.

An jenem Tag tobte ein Sturm. Die Schule war längst zu Ende, und wir Internatskinder angelten trotz des Windes am Fluß, gleich hinter der Hütte. Da sahen wir den Qualm und rannten los. Piener lief aus entgegengesetzter Richtung auf die Hütte zu und schrie: »Kommt schnell raus! Es brennt!« Worauf Ildeng, das eine Kind an der Brust und das andere an der Hand, aus der Hütte herausgerannt kam. Wir begannen, in panischer Eile von allen Seiten Erde auf die qualmende und nun schon hier und da brennende Hütte zu werfen.

Aber wir glaubten unseren Ohren nicht zu trauen, als Ildeng inmitten der Kinderschar lachend dastand und rief: »Nicht nötig, nicht, meine Kinder! Feuer bringt Glück, heißt es doch!«

Wir hätten das Feuer sicher nicht löschen können, doch tat es mir bitter leid, tatenlos dazustehen und zuzuschauen, wie die Flammen alles verschlangen, wenn es auch nur verrußte Lumpen und Ruten waren. Das ging im übrigen so schnell, daß keiner es geschafft hätte, in der Zeit eine Schale heißen Tee auszutrinken.

Als die Hütte längst niedergebrannt war und der Wind die Asche zu einem Glühregen über Fluß und Steppe ausgestreut hatte, verfiel Ildeng in lautes Wehklagen, das damit endete, daß sie sich das Kopfhaar mit beiden Händen raufte und glänzende Tränenkugeln über ihre rußschwarzen Backen kullerten. Sie jammerte, sie habe vergessen, eine Unterhose aus der Hütte zu ziehen, und so habe sie das Feuer verunreinigt.

Die Obdachlosen kamen ins Internat, wo sie sich im Korridor, der das Jungenzimmer von den Mädchen trennte, einrichteten. Wir trugen Restessen aus der Küche herbei und fütterten sie. Aber es dauerte nur wenige Tage, bis es hieß, sie würden in ein Pflegeheim in der Bezirksstadt kommen. So brachte man sie eines Tages mit dem Postauto fort.

Die Zeit verging, und wir begannen, Ildeng und ihre Kinder zu vergessen. Nur wenn wir an der Stelle vorbeikamen, an der die Spitzhütte gestanden hatte, wurden wir durch die verrußten Feuersteine und Geschirreste an sie erinnert. Eines Tages waren auch diese verschwunden, und selbst der flache Aschehaufen war verflogen. Ildeng und alles, was mit ihr verbunden war, schien der Vergangenheit anzugehören wie der Feudalismus.

Da betrat an einem Winterabend Ildeng leibhaftig den Schulhof, und Piener ging allein an ihrer Seite.

Wir rannten ihnen entgegen, als ob wir sie erwartet hätten. Dann stand die Mutter vor uns, zitternd und lächelnd, während die Tochter zur Erde schaute. Von uns fiel kein Wort, aber unsere Blicke waren Fragen und nichts als Fragen. Ildeng verstand sie und antwortete: »Wir hatten Heimweh und sind nun zurück. Die mittlere Tochter hat uns einer abgenommen, und die Jüngste ist unterwegs erfroren.«

Später erzählte sie es uns noch einmal, diesmal ausführlicher: »Der Mann, der mir die Tochter abnahm, ist mit einem ganzen Sack Bonbons gekommen. Das Mädchen hatte Glück. Die andere aber hatte Pech, sie hat plötzlich die Augen verdreht, die ganz hell wurden.« Während sie das erzählte, holte Piener aus ihrem Brustlatz ein paar Bonbons und legte sie wortlos auf die Matratze eines Bettes, und wir verstanden, daß sie für uns waren. Da es weniger Bonbons als Kinder gab, mußten sie vorher in winzige Stücke gebissen werden. Was machte das schon, die Freude war groß, und die Erinnerung daran hielt lange an.

Piener kam wieder in unsere Klasse, und man merkte, daß sie nicht nur sauberer, sondern auch besser im Lernen geworden war. Doch sie sollte nur kurz bei uns bleiben, denn wenige Tage später wurde die Mutter abgeholt, und Piener mußte mit ihr gehen.

Dieses Mal vergaßen wir die beiden nicht so schnell, und sie blieben in unseren Gesprächen, weil man immer wieder etwas über sie hörte. Es hieß zuerst, sie wären mit dem Bus in einen anderen Bezirk gebracht worden, weit entfernt von uns. Somit war dafür gesorgt, daß sie so schnell nicht wieder zurückkommen konnten. Später hörten wir, ein Kasache hätte Ildeng zur Frau genommen, Kinder wären geboren und wir erfuhren, daß Piener bis in die Hauptstadt gekommen wäre, um zu studieren, und dort einen Mongolen geheiratet hätte.

Die Sturmwinde des Jahres 1990, dem Jahr des Weißen Pferdes, die zu einem Wechsel der Macht aus den Händen der Ärmeren zurück in die der Reichen führten, bliesen zwar alte Bazillen fort, trugen aber neue herbei, die mit der Geschwindigkeit eines Sturmwindes auch bis in den Hochaltai eindrangen.

Die allerersten Krankheitserreger waren die Vereine, welche die ohnehin verunsicherte Bevölkerung zerteilten, als ob ein scharfes Messer eine Käsetafel längs und quer zerschnitt. Nostalgie hieß einer, der sich als dringende Aufgabe die Herstellung von Spitzzelten gestellt hatte, die wie in alten Zeiten Jungvermählten wieder als erste Behausung dienen sollten. Da erinnerte man sich an Ildeng.

Ein anderer Verein mit der Bezeichnung Wiedergutmachung griff den Namen auf. Eine großangelegte Erkundung wurde eingeleitet. Sie kam nicht gleich zustande, weil das Geld dazu fehlte. Ein Hungerstreik zwang die soeben an die Macht Gekommenen, Mittel dafür abzuzweigen und sie herzugeben.

Die Nachforschungen verliefen nicht ohne Erfolg, und Ildeng wurde ausfindig gemacht. Allerdings schien sie nicht mehr die zu sein, nach der man gesucht hatte. Eine *Bajbische,* umgeben von vielen Kindern und Enkeln empfing den tuwinischen Gesandten freundlich, aber ohne jeglichen Überschwang. Sie nahm die Einladung nicht an, war aber so höflich, dreien ihrer insgesamt zehn Kinder zu gestatten, mit dem Gesandten zu fahren, um die Heimat und die Stammesgenossen der Mutter kennenzulernen. Und sie verriet auch, wo Piener zu finden war.

Der Gesandte kam mit Photos und aufgeschriebenen Worten, die Rechenschaft darüber ablegten, wer Ildeng war, nämlich eine bejahrte Kasachin mit runden Augen, die beim Abschied gesagt haben soll: »Eine jede Zeit hat ihren Wahnsinn und solche, die dazu passen.«

Oder: »Viel mehr bin ich nicht als ein Schaf, das Lämmer gebiert, oder eine, die Hufeisen schmiedet.« Und zum Schluß noch: »Entweder möchte ich Tuwinerin sein oder satt.« Vergebens versuchte man, solchen Worten den gewünschten Sinn abzugewinnen.

Piener, die mit ihrer kleinen Tochter aus der fernen Hauptstadt angereist kam, brauchte einen Dolmetscher, um sich mit ihren ehemaligen Stammesbrüdern und -schwestern verständigen zu können, und einen anderen, um sich mit ihren Halbgeschwistern zu unterhalten, die sie übrigens zum ersten Mal sah.

Die Vereinsleitung steckte in einer schwierigen Lage. Die Person, die man als eine unterdrückte hingestellt hatte, war nicht umgekommen, war nicht spurlos verschwunden, sondern lebte unbeschadet und quicklebendig. Dennoch war Ildeng nicht gekommen. Sie hatte andere hergeschickt, die im Grunde doch Fremde waren, da sie nicht einmal die Sprache ihrer Mutter beherrschten.

Aber die Kundgebung, zu der man die Bevölkerung aufgerufen hatte, sobald die erste Nachricht vom Auftauchen der Gesuchten eingetroffen war, mußte an dem festgesetzten Tag stattfinden, und die Ildeng-Kinder, alle weiblich, sollten sich, da sie nun einmal da waren, als Ehrengäste beteiligen.

Viele Menschen versammelten sich, und Piener und eine weitere Ildeng-Tochter sprachen zu ihnen. Kein anklagendes Wort fiel, statt dessen priesen beide ihr heutiges Leben, bedankten sich höflich für die Einladung und versprachen in allgemeinen und unbestimmten Worten Hilfe.

Ein Zuhörer machte die laute Zwischenbemerkung: »Wie hätten sich eine Mongolin und eine Kasachin auch anders verhalten sollen uns armen Tuwinern gegenüber!« Von der Versammlung ging ein zustimmendes Gemurmel aus.

In dieser Lage beschloß die Vereinsleitung, die feierliche Einweihung einer neu zusammengetragenen Spitzhütte aus Lumpen als Gedenkstätte für die unterdrückte Schamanin und Mitbürgerin Ildeng fallenzulassen, um möglichst schnell zum nächsten Punkt der Tagesordnung, der Grundsteinlegung eines Denkmals für die Opfer der kommunistisch-chauvinistischen Repression, übergehen zu können.

Doch da meldete sich jemand zu Wort. Da es sich bei ihm um einen handelte, der noch jung an Jahren und für seine Streitsucht bekannt war, mußte man seinem Wunsch entsprechen.

Dieser legte nun los: »Die Frau, die Ildeng heißt und eine Tuwinerin ist, muß eine Schönheit und obendrein ein wahrer Weiberbronn gewesen sein. Wir armes, aussterbendes Volk brauchen solche wie Ildeng dringender als Betondenkmäler. Aus dieser Überzeugung haben wir, ein halbes Dutzend junger unverheirateter Männer, schnell einen Verband namens Rundaugen gegründet. Das Ziel der Mitglieder dieses Vereins ist es, rundäugige und auch sonst schöne starke Mädchen ausfindig zu machen, und sie als Bräute hierher zu führen. Dies als Wiedergutmachung des Vergehens an Ildeng!«

Die Rede war mehrmals unterbrochen worden durch Gelächter, Beifall, aber auch durch Buhrufe und Zurechtweisungen. Es kam zu einem Wortgefecht zwischen dem Versammlungsleiter und dem Redner. »Ich entziehe dir das Wort, wenn du weiter so unverschämtes Zeug quatschst!«

»Du vergißt wohl, daß heutzutage Redefreiheit herrscht! Ich weiß, was ich sage und weiß auch, daß wir in einer Demokratie leben!« Einige brüllten verärgert, und eine Frauenstimme gellte: »Was willst du ihm denn vorschreiben, als lebtest du noch bei deinem Onkel Zedenbal, du Roter mit dem weißgestrichenen

Maul!« Der Kundgebungsleiter gab nach, und der Redner konnte fortfahren. Aber die Grundsteinlegung für das Betondenkmal vermochte er nicht zu verhindern, sie fand statt.

Um die Erinnerung an Ildeng, die verhinderte Schamanin, zu bewahren, wandte man sich an mich. Ich versprach nach einer Möglichkeit zu suchen.

Und so ist diese Geschichte entstanden.

Glossar

Agaj	Anrede für Bruder, Onkel
Ail	kleinere Jurtensiedlung, Jurtengehöft
Aragy	alkoholhaltiges Getränk aus gegorener Milch
Buga-Dsharin, Bugtu-Girisch	Helden eines tuwinischen Volksepos: Bugtu-Girisch vertraut den von einem Landstreicher ermordeten Buga-Dsharin mit den zitierten Versen einem Felsen an und zieht dann in den Krieg
Bajbische	höfliche Anrede für eine ältere Frau; eigentlich die erste Ehefrau
Deel	mongolische Volkstracht
ins Salz gehen	volkstümliche Umschreibung für sterben
Kespel	Teigwaren, ähnlich unseren Nudeln
Kulak	Großbauer im zaristischen Rußland
Kurdak	gebratenes, kleingeschnittenes Fleisch
Lawschak	Obergewand für den Sommer
Owoo	Opferstätte aus aufgehäuften Steinen für den Ortsgeist; die Sitte gebietet jedem Vorüberkommenden, einen Stein dazuzulegen
Paavyldaj	Held aus einem bekannten tuwinischen Märchenepos
Sumun	Verwaltungseinheit, Landkreis
Ton	mantelartiges Obergewand für die kältere Jahreszeit
Uwaa	Baby

Biographie

Galsan Tschinag wurde 1944 im Westen der Mongolei im Altai-Gebirge als jüngster Sohn einer tuwinischen Nomadenfamilie geboren. 1961 Studium der mongolischen Sprache und Literatur in Ulaanbaatar, 1962 bis 1968 Studium der Germanistik an der Universität Leipzig. Nach seiner Rückkehr in die Mongolei Lehrtätigkeit für Deutsch an der mongolischen Universität. Ab 1976 Kommentator und Cheflektor für verschiedene Medien. Seit 1991 freier Schriftsteller. 1992 erhielt er den Adelbert-von-Chamisso-Preis, 1995 den Puchheimer Leserpreis.

3. Auflage 1997

Satz: Fotosatz Kretschmann GmbH, Bad Aibling
Gesetzt aus der 10/12 Punkt Walbaum roman
Litho: Datagraph, München
Fotos: Monika Jung (Umschlag), Ulrike Völkmann (Biographie)
Gestaltung und Typographie: Herbert Woyke
Gesamtherstellung: A1, München
Buchbinder: Bückers GmbH, Anzing bei München
Papier: 100 g/m², Arcoprint Edizioni von Fedrigoni
Printed in Germany
ISBN 3-927743-19-4

Die Deutsche Bibliothek – CIP-Einheitsaufnahme

Tschinag, Galsan:
Eine tuwinische Geschichte und neue Erzählungen/Galsan Tschinag.
– 3. Aufl. – München: A-1-Verl., 1997
ISBN 3-927743-19-4

Englisch broschiert · ISBN 3-927743-08-9

Englisch broschiert · ISBN 3-927743-10-0

Englisch broschiert, ISBN 3-927743-30-5